Os urubus não esquecem

Pedro Cesarino

Os urubus não esquecem

todavia

I.

Estavam por ali, rodeando os vestígios da carne. Os corpos haviam sido retirados de manhã cedo, mas não o rastro que deixaram no lixo. Eles chegaram com os camburões e subiram carregando as macas pelas montanhas de dejetos. Ajeitaram os meninos, arrumaram os corpos para que não caíssem dos sacos e foram levando-os até onde tinham estacionado. Colocaram os cadáveres no porta-malas e dirigiram até o edifício da Cidade da Fronteira em que costumam guardar essas coisas. Se tivessem demorado mais alguns dias, os urubus não teriam deixado sobrar nada. Apenas eles conheceriam a história.

Duas noites antes tinham vindo os homens escondidos nas picapes. Abriram as portas e os retiraram dali, embrulhados em sacos plásticos grossos e escuros. Três deles davam ordens, enquanto os outros iam arrastando os volumes. Foram embora rápido, com os faróis apagados, sumindo na estrada que leva para o outro lado do buritizal. Com certeza acharam que ninguém pensaria em procurar os corpos no meio do lixão.

No dia seguinte, a notícia correu solta pela cidade. Espalhou-se à boca pequena, porque os homens baixaram a lei do finge-que-não-viu e ninguém ousou questionar. Com o passar das horas, as famílias deram pela falta dos rapazes em casa, no trabalho, no campo de futebol. Então foram procurar. Na delegacia, os policiais disseram que não sabiam de nada. Agora a lei é essa, não tem mais vez pra vagabundo. Podem ir embora daqui que não tem nada pra vocês, avisaram. Então os parentes se reuniram. Ficaram todos juntos na calçada, debaixo do sol de rachar do meio-dia. Estavam assustados, sem saber direito o que era aquela lei, por que é que agora precisavam se acostumar com aquela ordem.

Por que sumiram os rapazes?, os pais e as mães se perguntavam assustados. Maya era uma delas. Desesperava-se ao imaginar que seu filho bem poderia estar entre os cadáveres. Ele jogava futebol perto da Cidade da Fronteira com aqueles meninos, caminhava pelas ruas empoeiradas, volta e meia descia o rio sem que ela ficasse sabendo. Fazia tempo que não conseguia mais escutá-lo, nem mesmo suas irmãs sabiam de qualquer coisa, aquelas que viviam rio acima junto com ele e seus primos.

Então foram procurar outro pessoal, os que andam com óculos escuros e bonés, os bem-arrumados que tinham acabado de chegar num avião. Foram tentar conseguir alguma coisa com eles, porque os da delegacia falavam da tal da lei, diziam que não podiam fazer nada, que agora era assim. Para aqueles policiais federais os parentes fizeram suas perguntas sobre o sumiço, falaram em denúncia, pediram documento. Apareceu gente de longe naquele prédio, jornalistas que queriam tirar fotos e gravar a fala dos parentes, gente que nada tinha a ver com governo ou prefeitura. Eles queriam saber dos meninos que haviam sumido, queriam saber dos jovens que estavam no lugar e na hora errada, para escrever no jornal, queriam saber dos laudos.

Então discutiram. Federais, policiais militares, todos brigando dentro do prédio. Os federais disseram que iam investigar melhor, não estavam satisfeitos com as explicações. Foi então que chegaram no lixão em seus camburões pretos com escritas douradas, bem cedo de manhã. Foram subindo a montanha de detritos e afastando os urubus que já começavam a organizar a refeição e a bagunçar os embrulhos. Os corpos não estavam mais completamente cobertos como quando foram jogados ali. Dava para ver um rosto através da fresta de um saco rasgado, o cabelo liso e escuro todo emaranhado, os olhos puxados que não tinham sido fechados a tempo. Mãos atadas para trás apareciam pelo furo de um saco que os urubus abriram. Chegaram a bicar alguns dedos, mas não puderam continuar, espantados que foram pelos policiais que vasculhavam o lixão. Um dos corpos tinha furos de bala bem perto da nuca. Outro trazia os tornozelos amarrados com fios de eletricidade. De um tronco faltava a cabeça; de outro, um braço. Então foram sendo levados para os camburões, e os federais saíram com a sirene ligada.

Ouviam-se rumores pelas ruas, palavras escondidas nos rostos amedrontados, sussurros. Antes mesmo daquele acontecimento já corria conversa de aviso pelas casas da beira do rio. Vingança estava para chegar, dizia-se. Não iam deixar barato o que fizeram, o roubo da coisa, o desaparecimento que talvez eles tivessem causado. Alguém tinha que ser punido, aquele alguém que os parentes não sabiam bem dizer quem era. Mas precisavam pagar, qualquer um que pudesse servir de exemplo iria pagar. E quando vem esse comando, esse mando de vingança, é melhor ficar em casa e segurar os meninos. É a lei. Ninguém tem rosto na noite. As bocas por trás das máscaras e dos capuzes não perguntam o nome da pessoa. Só veem uma sombra se movendo pelos cantos das ruas e ponto-final. Acabou, bem ali onde a mira decidiu cair, bem naquele corpo a bala vai encontrar o seu caminho. Fim de conversa. Já deram o recado. Se algum corpo tombar, pronto, já está vingado. Não importa quem.

Rapaz que tem fogo no pé não fica parado em casa. Escuta alguém? Ouve algum conselho quando está na vontade de sair? Logo estavam espalhados por aí, não queriam saber de aviso, de nada com nada. Um grupo deles costumava ficar sentado no banco da praça, conversando como sempre, como antes de qualquer praça e de qualquer asfalto seus antepassados faziam. Conversavam embaixo da lua. Mas agora não era como antes. Não havia mais árvores e tudo era calçada dura, praça poeirenta com canteiros secos. Naquela noite, o asfalto trazia a picape de faróis apagados, virando sorrateira a esquina. O que eles iam fazer? Perceber que os mascarados já tinham chegado, eles perceberam, sair correndo para o outro lado, eles saíram, mas nem deu tempo. O vidro da picape vinha baixo. Estalaram. Uma, duas, dez, vinte vezes. Alguns caíram rápido perto dos bancos, enquanto outros conseguiram correr. Quem eram aqueles tombados de shorts e camisa brilhante de futebol?

A picape encostou, abriram o porta-malas, arrastaram três ali para dentro. Alguns ainda falavam, um até tentou gritar antes de levar um tiro certeiro na boca. E então fecharam e saíram de faróis apagados. Logo seguiram para a beira do rio. Pegaram mais dois bebendo no porto, escutando música no celular, e levaram embora. Pronto, estava feito. O rio continuou correndo como se não tivesse visto nem ouvido nada. Foi assim que pensaram os homens enfiados em suas máscaras. O rio só fica lá, aquela água quieta, que não fala nem percebe coisa alguma. Foram saindo dali com os canos das armas escondidos detrás das janelas escuras. Porque a praça estava vazia e na beira não havia ninguém naquela hora, porque todos sabiam que era noite de ordem, por tudo isso é que aquela picape foi andando pela cidade fazendo a sua colheita, cumprindo o comando que tinham soltado.

Os que depois foram encontrados no lixão, quase todos estavam com as mãos amarradas para trás e tinham furos nas costas, na nuca, na cabeça. Três estavam sem os dentes, outros sem as unhas. Chegaram até a remexer o bucho de um deles, que ficou pendurado para fora. Uma cabeça que sumira, um tronco sem braços. O que eles queriam? Que eles falassem, mesmo se não soubessem, o que importava era que dissessem alguma coisa, que entregassem alguém, que resolvessem o que tinha que ser resolvido. Quando eles chegaram embrulhados nos sacos, já estavam arranhados, cortados. No IML, perceberam que faltavam partes daqueles rapazes, que tinham misturado seus membros, como que para confundir os nomes é que fizeram assim.

Os federais realizaram uma contagem, escreveram nos documentos, mas não batia. Tinha gente que não estava ali, tinha parte de corpo que não sabiam de quem era. Os parentes queriam botar a vista no rosto dos seus, queriam ter a certeza de encontrá-los, para confirmar a sua tristeza. Alguns conseguiram ver, reconheceram no olhar esbranquiçado deste ou daquele o rosto de um filho, de um sobrinho. Outros não, nem dava mais para entender direito o pertencimento daquelas caras rasgadas. Queriam levá-los embora para que tivessem direito ao lugar de descansar. Fizeram o pedido com palavras cantadas, com o choro deles, mas não adiantou. Os federais não deixaram. Não era ainda o momento, disseram. Primeiro tem que abrir investigação, tem que procurar, depois talvez libere os corpos, explicaram numa língua que nem todo mundo entendia bem. O que iam fazer os parentes? Foram embora. Uns guardando os soluços feito pedra amarrada na barriga, outros botando o desespero para fora junto com algum resto de comida, se arrastando pelas calçadas poeirentas até suas casas.

No dia seguinte, apareceu um pessoal na beira. Vieram de canoa das aldeias que ficavam a poucas horas da cidade. Também haviam dado pela falta de outros garotos que não voltaram para casa desde aquela noite. Esse pessoal se juntou aos parentes que moravam perto da beira e foram todos bater no IML. Mas de novo não adiantou, o policial não deixou passarem da primeira sala onde foram recebidos, onde deram a explicação. Ali só tinha mesmo sete corpos, falaram, e não sabiam ainda dizer ao certo os nomes de todos. Onde então foram parar os demais?

Voltaram juntos. Alguns foram direto para as canoas e partiram. Outros ficaram até o dia seguinte. Armaram suas redes nos caibros, deitaram no chão de paxiúba e tentaram descansar. Ficaram conversando nas línguas da terra. Ficaram com seus choros. Alguns comiam um pouco do caldo de peixe com banana que Maya ofereceu, pensando sem saber no que pensar. Não tinham quem desse direção, estavam jogados por ali. Como é que descobririam sozinhos? Sem um escutador não tinha como, aquelas pessoas não iam conseguir. E no dia seguinte os últimos se despediram e foram saindo com suas canoas, dizendo que voltariam quando fossem chamados, que esperariam pelo dia em que alguém ajudasse a reconhecer os rostos, a achar os nomes.

2.

Maya não aguenta mais ficar sentada no chão de paxiúba de sua casa pendurada na beira do barranco. Não suporta mais ver o rio correr sem conseguir entendê-lo, sem que ninguém dê alguma resposta. Três dias terminaram desde que os parentes deixaram sua casa com as canoas e foram para as aldeias rio acima. Três dias durante os quais ninguém mais tocou no assunto dos desaparecidos nem recebeu notícias dos filhos. Maya compra matrinxã no mercado, volta para casa, limpa e salga o peixe, cozinha na água fervente que já dissolveu os pedaços de banana-da-terra. Serve o caldo com coentro numa tigela fumegante para o marido e alguns vizinhos, depois recolhe os pratos, lava na bica do fundo da casa.

Estão todos quietos. Os rádios desligados. Ninguém fala nada desde aquela noite. Os dias passam vazios. Maya tem o peito também vazio. Quase não dormiu durante as últimas noites. Nas poucas horas em que cochilou, sonhou com buracos de tatu. Os bichos caminhando por corredores intermináveis sob a terra. Alguns deles a olharam de relance, como se ela também estivesse naquele buraco, e então foram em frente, atarefados. Quando acordou, ficou procurando respostas no rio, mas não conseguiu escutar. No dia seguinte ela se levanta antes de o sol nascer. Arruma uma bolsa com duas mudas de roupa, a rede, uma faca, telefone celular, notas velhas de dinheiro, café, açúcar, algumas bananas e macaxeiras, ainda com casca. Seu marido se levanta depois e sai para pegar o galão de gasolina. Logo estão a bordo da canoa, ligando o motor 5 hp que soa em meio ao barulho dos pássaros. O sol começa a mostrar sua luz detrás da névoa que cobre o horizonte. Navegam pelo rio, envoltos pela brisa fresca do início da manhã. Maya deita seu olhar na correnteza sob a canoa. Tenta segurá-la com as mãos, mas ela escoa. Enquanto o corpo não for encontrado, não se pode esquecer.

Agora o sol já está um palmo acima das árvores. Maya liga o fogareiro e esquenta água na panela para passar o café. A chama está protegida do vento pelas paredes da canoa. Elas invertem o incêndio que corrói a beira do outro lado do rio, as labaredas que se refletem no enorme espelho d'água. Maya olha as chamas acendendo a paisagem. O incêndio está quieto, distante. Serve o café na caneca e entrega ao marido, que conduz o motor. Esquenta as bananas com água que apanhou no rio. Estão acostumados a essa repetição. O fogo que se tornou um hábito passa a acompanhá-los na viagem, faz parte do panorama, exagera o dourado do sol que já sobe mais alto, apertando ainda mais o estômago da mulher. Então ela pensa. O que mais o fogo espera para devorar? Se eu conseguisse escutar o rio, talvez achasse alguma resposta. Melhor a floresta se acabar de vez nesse incêndio e me levar junto.

Mas não. Maya segue no fluxo das águas, segue encaixada no banco de madeira, a cabeça entregue ao céu. Sabe que está para chegar por aquelas partes a escutadora, a encontradora. Os sonhos com os buracos de tatu não poderiam ser mais claros. Senão, por que teriam aparecido bem naquele momento, em que ela não achou o rosto do filho entre aqueles guardados na geladeira? No pouco tempo que teve para olhar, pensou que talvez nenhum deles tivesse saído de sua barriga. Mas como poderia ter certeza? Onde ele estaria desde que deixou de dar notícias? Passear, ele passeava, nas noites em que saía com os outros, nos jogos de futebol, no forró da Cidade do

Jambeiro, na fronteira também. Trabalhar, ele trabalhava, mas nem compensava a humilhação, ele dizia, como quem ia perdendo a vontade de pegar o jeito de viver nas cidades.

Então por que o desaparecimento? Aqueles prendedores, aqueles mascarados, o que eram? Bichos dentados, não podem ser filhos da terra, ela reflete. Escondidos em suas casas de pedra, eles devem estar. Impossível chegar até eles, até os donos do metal, do barulho da bala que corre pelo cano de ferro, donos dos cachorros de fogo que protegem os seus portões. Os mascarados fazedores de desaparecimento. Os silenciosos. Assim repete consigo mesma, encolhida entre seus cabelos longos e bem penteados. Maya não quer encontrá-los. Jamais poderia saber coisa alguma por meio deles.

Na cidade mais acima, a última antes de o rio se afastar de qualquer sombra de asfalto e sumir onde o céu encurva, naquela cidade logo chegaria a encontradora. Então ela volta a pensar. A parente não nega ajuda aos filhos da árvore despencada, aos netos do Sol, ainda mais quando estamos no desespero de uma perda. Aquela de quem tanto falam, a orelha--grande. Ela já vem, foi chamada pelo rádio. Sua canoa será amarrada na beira do barranco, ela subirá a escada e chegará na praça, debaixo do jambeiro, em cima do tapete de flores roxas que a árvore devia ter deitado no chão por aqueles dias.

Ao passarem pela ilha do Mutum, Maya e o marido se deparam com a multidão de troncos descendo pelo rio, ajeitados nas balsas presas umas nas outras. As toras empilhadas parecem uma colina gigante descarnada. Descem silenciosas pela correnteza. O marido desvia a canoa bem rente à beira, precisa deixar passar aquilo tudo, toma cuidado para não se esborracharem contra as balsas. Maya e o marido sabem como se faz para trabalhar as árvores. Com um machado derrubam um Ipê grande, mas e todos aqueles troncos? Ela se recorda de quando viviam perto dos madeireiros que invadiram a cabeceira do igarapé próxima à aldeia de seu avô. Lembra de ver os trabalhos no meio da floresta, os tratores e motosserras, os caminhos rasgados no meio do mato para retirarem as toras. Então se mudaram para outra parte, fugindo dos homens e do barulho das máquinas. Não fazia muito tempo que decidiram descer para ganhar a vida na Cidade da Fronteira.

Mas aquilo, aquelas montanhas flutuantes, como seria possível? O rio também sabe engolir os troncos grossos que caem dos barrancos e se afundam na água, ela pensa. Assim sempre aconteceu. Mas agora, o que fizeram? Qual sombra? Esses corpos descendo o rio, fechando a luz para a gente da água, aonde vão chegar? Vão até o grande lago de sal? Vão acender alguma fogueira no céu, no lugar onde a terra acaba?, ela reflete. Durante muito tempo os dois veem as toras descerem, enquanto avançam com a canoa pela calha mortal. Maya tem medo de que o rio fique para sempre entupido com os cadáveres da floresta.

Os corpos dos meninos, e agora também esses troncos, essas pessoas tombadas rolando pela água. Pessoa Jatobá, Pessoa Maçaranduba, Pessoa Ipê, são mesmo elas, são seus corpos cortados descendo sem roupa, esbranquiçados feito os jovens deitados na mesa de metal do prédio-geladeira. É o que ela imagina, pensando em se jogar da canoa e ir embora de bubuia junto com aquelas toras. Mas a raiva a faz seguir. Deixam para trás a ilha e ganham de novo o leito principal, tomado de voadeiras, de pequepeques, de balsas e batelões que fazem o transporte entre as cidades. Tudo ali é fronteira, abismo debruçado sobre o fim de um certo tempo.

O sol já começa a querer encostar no horizonte e a fome aperta. Passaram o dia apenas com banana e macaxeira. Talvez na casa do tio encontrem comida de verdade. Na volta seguinte do rio, conseguem enxergar algumas luzes barranco acima. É a Cidade do Jambeiro. Lá estão os brilhos refletidos nas águas, e o dia vai se recolhendo detrás da linha das árvores. Eles se aproximam da beira enevoada, mistura de vapor com a fumaça das queimadas que paira sobre tudo. O céu, mais avermelhado do que nunca. Atracam a canoa entre outras tantas perto do flutuante semiabandonado usado pelos parentes. O marido solta o motor de seu suporte e o coloca nas costas. Maya pega a bolsa com todos os utensílios, mais o fogareiro e o pequeno bujão de gás. Avançam pelos degraus precários de madeira até alcançarem a parte de cima do barranco, uma rua asfaltada. Negociam com o comerciante alguns dias para guardar na venda o motor e as outras coisas. Em seguida, sobem em dois mototáxis que esperam encostados numa mangueira.

3.

A estrada que leva para a casa de Zé Gavião está movimentada neste fim de tarde. Desviam de carretas que carregam pilhas de toras de madeira, desviam dos buracos, de outros mototáxis, das picapes dos patrões. Maya passa ao lado de um grande barracão coberto com folhas de tucum, as laterais fechadas com telas verdes antimosquitos. A vista a faz lembrar como tudo começou. Em poucos instantes ela volta ao que tinha escutado do filho e de outros parentes que frequentaram o curso. Tempos atrás foi que aconteceu, ela se lembra. Foi decidido pelas lideranças que eles ficariam dois meses ali para aprender. Então, os jovens deixaram suas famílias. Uns trinta, todos falantes da mesma língua, todos eles se juntaram naqueles dias para participar do evento que a prefeitura da Cidade do Jambeiro havia organizado. Prometeram que teria comida boa, três refeições e mais merenda da tarde, que o alojamento era bom, que só rede precisavam levar e também algumas trocas de roupa, que ali ficariam isolados para aprender desenho de papel, escrita, botar direito o conhecimento nas folhas brancas, não ficar rabiscando coisa qualquer por aí, que só assim conseguiriam se civilizar e ajudar o seu povo, sair dessa escuridão, trazer luz para a mata fechada, diziam os professores para as lideranças das aldeias.

Vieram chegando com suas canoas. No dia combinado eles foram levados por outros parentes mais velhos. Tinham já bigode, a fala começando a engrossar. Tinham vergonha de quase tudo. Subiram naquele galpão de palafita construído no alto do Igarapé do Cujubim, algumas horas de viagem saindo da Cidade do Jambeiro. Já era de noite quando vieram, uns trinta garotos, e os levaram para outro galpão mais para o fundo, onde podiam amarrar as redes. Então foram chamados para comer, e serviram um mingau feito só com farinha e água. Por hoje é o que tem, amanhã deve chegar mais coisa, disseram Valdir e Nalva, o casal de professores, um homem e uma mulher magros, impacientes. Dormiam juntos, aqueles dois. Compartilhavam da vontade de não estar ali, mas seguiam o arranjo que era bom para eles. Alguns meses enrolando naquele trabalho e depois receberiam a recompensa, conforme o combinado. Os jovens comentaram entre si que já tinham visto aquele casal na cidade, que eles pareciam com um pessoal que morava na Comunidade 33, onde os pais às vezes paravam para trocar banana e mandioca. O que estavam fazendo naquele curso, agora? Chegaram a duvidar que fossem mesmo professores, achavam estranho o jeito deles de falar, nem parecia com o de pastor, de brasileiro mais sabido, disseram.

    Na manhã seguinte estavam todos sentados nos bancos, depois de comer bolacha com café. Carne não tinha, nem ovo. As barrigas roncavam enquanto eles escutavam na língua do estrangeiro o que não entendiam, apontando nos livros e no quadro-negro o que já deveriam saber mas que, diziam os professores, devido ao "sangue pior" e à "condição" não conseguiam atinar. Na hora do almoço, encontraram alguns pedaços de frango misturados com arroz e suco de lata açucarado. E depois, de tarde, sentados nos bancos, a mesma coisa, o casal de professores que falava mal da condição deles, do que não entendiam por conta do sangue ruim que carregavam. No terceiro dia, tudo se repetia. Alguns começaram a sentir a disenteria, corriam para o banheiro coletivo e despejavam tudo naqueles buracos que ninguém lavava e que logo estavam cheios de excremento e papel higiênico. A água ruim está deixando a gente assim, alguns menos envergonhados reclamavam. Fazer o quê?, desconversavam os professores. De noite, nas redes, muitos se remexiam, nem conseguiam dormir. Uns acordavam de repente, gritando, outros desistiam e ficavam sentados conversando, porque era só deitar que vinha imagem encostada, vinha barulho soando por baixo do assoalho de tábua — *ooooooo*, eles ouviam, *oooooo*, se assustavam.

Nos outros dias tudo se repetia, sentados dispersos nos bancos eles escutavam as reclamações dos professores. Valdir mostrava um relógio dourado contra a pele morena de seu pulso magro, dizia que deveriam estudar direito se algum dia quisessem ter um assim. Alguns até tentavam se concentrar, mas então olhavam pela janela, para o corpo dos parentes que começava a ganhar músculos, faziam brincadeiras.

Noma era a que mais conseguia estudar, sentava sempre na primeira fileira, ela que ainda era vista como um menino naquele tempo. Talvez fosse a única que anotava os desenhos de letras em seu caderno. E também a que entendia alguma coisa em meio àquelas palavras estúpidas dos professores. Depois, na hora do almoço, engoliam o que podiam da comida rançosa. Quantas semanas mais deveriam ficar? O prazo da formação teria que ser completado para receberem os certificados, dizia o casal. Os pais não viriam buscar antes disso, nem gasolina a prefeitura tinha liberado para que pudessem viajar das aldeias até lá.

Tarde da noite, Valdir convidava para comer chocolate em seu quarto, onde guardava comidas que não eram servidas no refeitório, como latas de leite condensado e de sardinha. Ia abrindo a braguilha da calça jeans desbotada e pedia para mexerem ali se quisessem ganhar alguma coisa, refrigerantes, até mesmo uma lanterna no final do curso. Tudo tinha que ser escondido, o professor dizia com aquele olho vidrado, olho afundado na bochecha magra maldormida, a barba malfeita. Mas todo mundo sabia o que acontecia no quarto dos professores. Tarde da noite, os meninos escutavam de novo os barulhos embaixo do assoalho de tábuas de madeira, *oooooo*, *trrrrr*, coisa de esqueleto tremendo e fugindo para dentro da mata. Os rapazes cochichavam entre si enrolados nas redes, enquanto Noma dizia que não ligassem para aquilo e tentassem dormir.

Ela já começava a fazer assim naquela época, a dar orientações. Noma já entendia, mesmo sem saber direito quem era. Sonhava sem perceber. Uns saíam para o banheiro do outro lado do alojamento, atravessando a passarela de palafita. As cabines encostadas no limite da mata, dali ouviam ainda mais os ruídos. Voltavam correndo, apavorados, para se enrolar nas redes e esperar pelos dias seguintes, nos quais seus corpos reluzentes iam se enfraquecendo, nos quais recebiam as palavras que os apagavam. Todas as noites o professor cobiçou aquelas peles lisas, as carnes jovens. Chamava sempre os mesmos para o seu quarto e mandava enfiarem a mão pela braguilha aberta. Nalva, que permanecia junto no quarto, também gostava de ver aquelas carnes. Ela mesma dizia para ficarem em silêncio.

Assim Maya segue lembrando enquanto passa pelo barracão na garupa do mototáxi. Sabe que nada é impossível embaixo da mata. Eles são desse jeito, eles que sempre desejam a nossa pele, ela pensa. Bagaço de fruta cuspido na poça de lama, resto de carne apodrecido. Por isso adoentaram, pegaram aqueles problemas, doença de fígado, mal de gente morta. Assim repete consigo mesma. Foi o que aconteceu com seu filho, com quase todos os outros, menos com alguns poucos que ficavam encolhidos, quietos em seu medo de quase tudo. Noma em seus sonhos via tudo. Embora ainda não caminhasse para fora do corpo, já os via passando por ali, os descarnados que se arrastavam por baixo do assoalho do alojamento, que colavam no outro lado das tábuas como se fossem rãs. Por que afinal tudo aquilo acontecia? Por que os sonhos? Por que com ela?

    Durante as aulas, os professores não queriam ouvir falar de barulho embaixo do assoalho. Bobagem de gente preguiçosa, diziam. Superstição, pajelança, coisa ignorante. Por isso estão aqui, para estudar e aprender o conhecimento verdadeiro. Só a fé em Deus é que tira da cabeça esse negócio de sombra, de barulho de gente morta, insistia a professora, as palavras saindo daquela boca seca, passando pelos dentes obturados com o ouro arrancado da terra. Se não estudarem vão ficar tudo feito bicho, igual os parentes de vocês que ainda andam pelados no mato, tudo fedido igual queixada, ela falava. Noma não aceitava aquela explicação, mas também não tinha ainda força de fala, era fechada para os estrangeiros, recolhida em sua timidez. Ficava quieta e ia entendendo os números, o que estava escrito nos cadernos, os desenhos e fotografias de ciências, as coisas que queria aprender e os professores não conseguiam explicar, embora fingissem que sim enquanto davam ordens.

    Semanas depois, alguns parentes se recusaram a estudar. Não aceitavam mais a comida, as latrinas podres. Estavam fracos e queriam ir embora. Não seguiam mais os chamados do professor, não temiam mais as ameaças que nem tinham entendido direito. Um dos primos de Noma mandou recado por um parente que passou por ali de canoa para ir caçar, já que não davam acesso ao rádio. O parente então avisou nas aldeias e fez a denúncia. Nos dias seguintes, chegaram para levar os jovens de volta para suas casas. Os professores praguejaram, disseram que ninguém receberia certificado, e ficaram sozinhos. Disseram também que se falassem alguma coisa, iriam ter problemas assim que pisassem na Cidade do Jambeiro. Nalva alertou que era melhor escutarem o que eles diziam, que Deus castiga.

    Mas o estrago estava feito. Tempos depois, começaram a adoecer. Vomitavam sangue pelos cantos, não tinham força para trabalhar ou caçar. A pele amarelada, os olhos desbotados. As meninas com quem tinham namorado também acabaram doentes. Com o corpo dos rapazes elas se misturaram e foram tombando pelos cantos. Um dos primos de Noma morreu antes que entendessem o que estava acontecendo. Deitou para dormir e não levantou da rede de manhã. Chamaram socorro pelo rádio. É coisa de espírito de jararaca, disseram os velhos reunidos durante a noite para assoprar. Noma sabia que aquilo havia sido causado pelas imagens que passavam por baixo do assoalho. As imagens que cobriram as costas dos professores e deixaram os meninos daquele jeito, com olhar de peixe seco, que os fizeram mexer nos corpos dos parentes e cobiçá-los, que os deixaram zonzos, sem entender quando Valdir deitava sobre eles durante a noite. Os velhos até que escutaram o relato de Noma, mas não conseguiam aceitar. Desconfiar, eles desconfiaram, porque desde sempre sabiam do que o pessoal da cidade é capaz, mas seguiram na investigação da doença de jararaca, mal chamado de hepatite, coisa que queima o fígado por dentro.

4.

Maya vê as toras sendo levadas na caçamba de um caminhão que quase despenca sobre o mototáxi. Lembra dos tempos em que via os brasileiros trabalharem nas cabeceiras próximas à sua aldeia, lembra dos corpos caídos pela mata. E então reflete. Nomes, esses parentes já não têm como antes, quando estavam de pé, quando levantavam a cabeça na direção das nuvens. Os nomes pelos quais eram chamados, os desenhos que cobriam a sua pele, tudo isso acabou? E a memória? Mesmo deitados e empilhados, eles lembram de quando caíram? Sabem que foram levados pela corrente que passou arrastando tudo? Devem ter pensado que era ventania que arranca cascas e folhas velhas. Estavam enganados. Eles devem ter ouvido quando seus vizinhos começaram a gritar, quando os gemidos de suas pernas tiradas da terra foram se espalhando. Não eram como a árvore grande que caiu antigamente, que fez os rios e as montanhas se formarem a partir dos galhos. O que será feito deles?

Maya retorna à lembrança dos homens andando sobre um imenso Ipê, os trabalhadores que manejavam as motosserras. Abraçavam uma corrente pesada de ferro num dos pedaços do tronco e o enganchavam no trator, que então saía puxando aquele cilindro enorme, arrancando tudo o que estava na sua frente. E volta a pensar. Os parentes sabem o que é o braço de ferro que os derrubou? Os arbustos pequenos mal conseguem entender. As árvores maiores também não podem explicar. Ficaram por algum tempo escutando as falas dos homens de olhos mortos que andam por cima de seus corpos, que os chutaram, que os espetaram. Por que aqueles homens escolheram o parente chamado Pessoa Ipê? Foi ele mesmo que eu vi quando sonhava, ele que não chegou a me escutar. Os homens vieram com a coisa que corta o corpo pelo meio. Invadiram o silêncio com seu zumbido de abelha-morte e foram retalhando o parente, primeiro pela metade, depois a metade de uma metade, e depois de novo. Foi o susto da queda que os dividiu.

Assim ela reflete em silêncio, enquanto tenta se segurar na garupa do mototáxi, tirando os fios de cabelo que o vento sujo das queimadas joga em seu rosto. Então continua. Uma parte vai ficar tombada no chão feito tora. Outra mais leve vai subir pelos troncos das árvores que ainda estão de pé. Sobe com forma de gente pintada, cantando as palavras que não podem ser esquecidas, para achar abrigo nas copas mais altas. E se precisarem ir ainda mais alto, se precisarem subir as nuvens para fugir? Como vão fazer? Pessoa Ipê está esquartejada, as partes espalhadas pelos cantos da clareira. Seu corpo de canto subiu, foi embora pelo caminho que as palavras abriram numa árvore alta que ainda tinha sobrado. Seu corpo de chão foi sendo levado pelos dentes do trator. Esse corpo vai apodrecer no estômago da terra, como deveria ser? O trator não sabe nada. Nem os homens que o dirigem sabem alguma coisa.

Maya lembra de ter visto vários outros troncos empilhados pelos homens em algum lugar da mata. Viu os trabalhadores subirem na montanha de toras com o trator, viu quando um deles pediu a seus colegas que tirassem uma foto e mandassem para o celular do patrão. Depois foram embora com as máquinas, quando o dia já começava a terminar. Lembra que os homens partiam para longe dali, voltando para suas casas na vila construída nos arredores das serrarias. Então volta a conversar consigo mesma. Eles sentem falta de seus filhos. Precisam levar algo de comer com o dinheiro da venda de carne serrada de parente tombado. Para eles tudo isso é sustento, coisa pegada da mata, trabalho mandado pelo patrão. E os parentes? Ficam quietos, assustados. Eles guardam os acontecimentos, não falam sobre o que viram, sobre o que escutaram. Ficam no escuro um por cima do outro, silenciosos. As onças que passam por lá não reconhecem os pedaços das pessoas que antes estavam de pé. Farejam a poeira assentada na clareira, percebem a cegueira que se espalhou. Por isso elas escapam para longe. O que será daqueles parentes maiores, o que será de seus filhos? Os motoristas não sabem que também eles se lamentam, não sabem que também se lembram. Os caminhões que deitam sobre o chão o cheiro de combustível, a fumaça que emudece a terra.

Maya se recorda do barulho das máquinas se aproximando, parece mesmo que estão bem ao lado do mototáxi que a conduz à casa do tio. Lembra dos tratores ocupando o espaço da clareira. Seguiam empilhando as toras, carregando os caminhões que saíam pelas estradas lamacentas. Pensa nas montanhas de troncos empilhados nas balsas que deslizam pelo rio até chegarem no porto. Maya sabe que ali elas costumam atracar, esperando pelas máquinas que retiram as toras e carregam tudo até outros caminhões. Muitos deles aguardam enfileirados na estrada. Lembra dos caminhões saindo em fila, viajando por horas até alcançarem as primeiras ruas da cidade e se juntarem com as outras cargas que vieram de outros cantos da floresta. Então iam para os galpões da periferia da Cidade da Fronteira, onde os troncos começavam a ser retirados das caçambas. Maya os imagina sendo laçados com cabos de aço e colocados no carrinho que leva as toras até uma grande serra mecânica.

Logo volta a falar consigo mesma. É ali que eles separam as peles, que arrancam as cascas que protegiam os parentes, que mexem nos seus ossos. Eles trabalham sempre naquela mesma máquina fazedora de pilastra, viga, coluna, tudo com as carnes da antiga Pessoa Ipê, da Pessoa Maçaranduba. Eu escutaria os lamentos se estivesse lá enquanto as lâminas esquartejam aquelas memórias. Eles deixam as vigas trancadas no armazém e vão embora para casa depois de terminado o dia de trabalho. Eles não conhecem os pensamentos, os nomes que aqueles parentes receberam quando surgiram do chão, quando deixaram para trás as palavras e os desenhos que cobriam os corpos e que eu vi. Não têm mais pele, não têm mais pintura agora, aquelas tábuas. Os homens chegam em suas casas, encontram seus filhos e dormem. Por que voltam no dia seguinte para o mesmo trabalho? Foi cortado dos parentes o seu modo de dizer, o seu modo de pensar, pois eles já tiveram esse tipo de coisa um dia.

5.

Maya se acostumou com as viagens até as cidades rio abaixo. Havia feito o percurso várias vezes com o marido para vender pirarucu salgado. Via as árvores rareando nos barrancos, naquela parte vasta da floresta que se estendia depois do posto de controle. Faziam algum dinheiro com as mantas de peixe que ela e o marido traziam envolvidas em folhas de bananeira no fundo da canoa. Pensava em seus filhos, que ela alimentou assim como os pirarucus foram também cuidados debaixo d'água. Então se perguntava: por que querem a carne salgada e pagam com o dinheiro? Por que eles mesmos não vão atrás dos filhos do fundo do rio? Por que esses pedaços de papel? Eles que se parecem com mortos. Todos desesperados atracando a canoa na beira, doidos para tirar carga de peixe em troca dessas folhas sujas, o dinheiro que usam para nos pagar, esses papéis sem corpo.

    O marido terminava de vender a mercadoria para os homens que o esperavam na beira. Logo depois, sumia. Voltava no meio da madrugada ameaçando bater, os olhos avermelhados e o bafo quente, debruçado sobre Maya querendo sexo. Não era ele que estava ali, mas um outro, era espírito de cachorro, ela pensava, empurrando-o com força até que despencasse em cima dela e caísse no sono pesado da cachaça.

    Foi naquela época que seu filho começou a sair para a rua, o mais velho, aquele que por algum tempo os acompanhou nas viagens enquanto os menores ficavam com as tias na aldeia rio acima. Para Maya, as sombras de dedos pegajosos que o cobiçaram durante aquele curso do barracão ainda estavam agarradas em suas costas. Talvez por isso o rapaz percorresse as ruas de noite, na garupa dos mototáxis, em busca das festas de forró. Na manhã seguinte estava jogado no assoalho da varanda, a roupa suja de terra, o cabelo desgrenhado, o rosto vazio. Assim ele entendia o lugar que uma pessoa da floresta podia ter nas ruas escurecidas das cidades. O rapaz contou o que tinha visto nas noites em que saiu andando por aí. Falou sobre pessoas que se escondiam atrás dos postes e que os chamavam para um terreno baldio onde ele tombou bêbado. Disse que o seguiam. Quem eram, o que queriam, ele não sabia dizer. Sempre que saía do forró ele sentia essas presenças.

Maya escutava aflita os relatos do filho sobre as ruas da cidade. Gente de carne formada por comida de supermercado, dizia para si mesma, alimento-minhoca esbranquiçado que se dissolve na água fervente e já aparece pronto, embrulhado em pacote de plástico, carne-mentira de lata que traz o sono atrapalhado de tremedeira. Sobre tudo isso ela pensava enquanto andava pelas calçadas escaldantes, a cabeça baixa, evitando olhar no rosto dos homens que cruzavam seu caminho.

No supermercado, ela e o filho eram seguidos pelo segurança entre os corredores e escutavam a conversa no caixa. De novo esse pessoal da floresta que não sabe mais plantar, caboclo sujo fedido que afasta os fregueses, por que não voltam para casa? Então tiravam o dinheiro do bolso e pagavam e faziam o gerente ficar quieto. Por isso iam no supermercado mais vazio da avenida, o das prateleiras cobertas de poeira que vendia sempre os mesmos pacotes de bolacha, as mesmas conservas em latas já meio enferrujadas. Faziam assim para que não comentassem, para que não ficassem falando pelas suas costas. Aquele monte de água engarrafada na prateleira, tudo brilhante, para que serve? Só os mortos guardam a água dentro de peles de plástico, ela pensava. E depois iam de novo para a rua.

Com os mantimentos comprados, a gasolina já enchendo os galões, podiam voltar para a beira e esperar até a madrugada do dia seguinte para começar a viagem rio acima e passar algum tempo em sua casa, antes do retorno à Cidade da Fronteira. O marido de Maya e o filho mais velho arrumavam a canoa logo cedo para ninguém mexer nas coisas durante a noite. Saíam quando os outros pequepeques começavam a roncar seus motores na hora mais movimentada, ainda distante do sol quente. Sentia-se aliviada com a brisa correndo pelo rosto. Olhava para trás e via seu filho inteiro e forte conduzindo o motor. Por quanto tempo ainda? Quando chegassem rio acima, Maya queria que ele sentasse nos bancos para ouvir o avô. Queria que aprendesse a fortalecer a voz com o charuto, deixar que tirassem sombra de galinha e de cachaça que estava agarrada em suas costas para assim ficar mais ligeiro e conseguir manejar a vida na cidade. Era o que ela desejava enquanto via o sol cobrear a pele do rapaz. Mas estava atenta. Sabia que viviam no tempo da desolação.

6.

O mototáxi enfim sai da estrada. Vai por uma trilha aberta no descampado, mal iluminada pelas poucas lâmpadas dos postes. Maya segura firme para não se desequilibrar com os solavancos. Logo chegam no terreiro em que os parentes construíram suas casas, nos arrabaldes da Cidade do Jambeiro. O motorista deixa Maya diante da casa de seu tio. A casa de palafita começa em terra firme e avança pelo barranco de trás, amparada pelas vigas que sustentam o assoalho de tábua corrida. Ninguém está na varanda, tomada pelas roupas e lençóis estendidos num varal. Três cadeiras de plástico brancas, uma delas com o braço quebrado, ficam à espera das pessoas que costumam assistir ao início da noite. O corpo de Maya está moído, ela mal consegue manter as canelas na areia. Seu marido, que acaba de descer do outro mototáxi, traz a bolsa.

Maya segue em frente porque não pode ficar parada. Por pouco não se enfia debaixo do assoalho e some na sombra, no lixo acumulado no barranco, na correnteza que leva o igarapé para o rio e dali para longe. Maya pressente as sombras que seguiam os meninos no barracão. Vira a cabeça para trás pensando em encontrar algum rastro do filho, mas não é o que encontra. Ela se depara consigo mesma. Vê-se desgrenhada, arrancando tufos de cabelo, arranhando o próprio rosto, atraída pela mata fechada. Sombra do buritizal, sombra do tucumã, sombra de bananeira, todas as sombras que se abrigam nos cantos da terra, todas as presenças mortas que percebem a tristeza guardada por ela como um caroço na garganta.

Maya avança um passo e pensa em recuar. Avança mais um, agora quase dentro da casa, e desaba. O marido a ampara, sem sucesso. Enquanto o corpo desmaia, a outra Maya permanece em pé, a franja comprida jogada sobre o rosto, os olhos escurecidos. A imagem de Maya está no meio do terreiro, arranhando os próprios braços. Os olhos se escondem detrás da franja. Aquela imagem de Maya segue erguida, ao mesmo tempo que a outra está caída na varanda, socorrida pelo marido. A imagem desgrenhada da mulher quer descer pelo barranco, escuta os apelos que deveria ignorar, as sombras do buritizal. Os meninos perdidos nas raízes, aqueles que desapareceram, são eles que parecem atraí-la.

O marido pede ajuda, tenta levantar o corpo da mulher. Logo Zé Gavião, o tio, vem acudir, saindo apressado da casa, desvencilhando-se das roupas no varal. Os dois erguem a mulher ao mesmo tempo que uma criança estende a rede, onde eles a acomodam, separada de sua imagem. Os olhos quase fechados mostram que ela não está completa. Maya deitada entrevê através dos cílios a outra Maya, aquela que se desgarrou pela tristeza e que tão cedo não voltará ao seu lugar. Enquanto a falta não for explicada, ela ficará assim: uma parte esvaziada na rede, outra parte descabelada, prestes a descer o barranco. Zé Gavião pede à esposa que prepare mingau de banana-da-terra. Despacha as crianças para a casa do vizinho da frente e convoca Manuel, o parente mais velho, que mora ao lado e que não tarda a chegar.

Sentam-se diante da rede e a varanda se enche da ladainha dos dois homens. Ao passo que a noite chega, as vozes invadem o ar, misturadas ao rádio e aos choros de criança. O marido de Maya fica ao lado dos velhos, não sabe assoprar mingau de banana. Deita noutra rede armada atrás da esposa e adormece escutando as palavras despejadas por Zé Gavião sobre o mingau, os cantos que tentam levantar o corpo que permanece deitado, como que morto. Mas as duas gargantas estão desgastadas pela comida da cidade. As vozes não chegam inteiras onde deveriam chegar, só um pouco das palavras cai sobre o mingau, que vira um remédio fraco. As palavras inexatas escorrem pelas tábuas do assoalho e misturam-se aos grãos de terra, desperdiçam-se, escapam, não conseguem reunir naquele pote todo o auxílio que queriam chamar. Zé Gavião se esquece, perde-se na parte em que o canto precisava evocar a força das vespas, enquanto outras forças também se esvaem pelos ares.

Maya não reage. Parece não escutar nada do que acontece na varanda, envolta na névoa da sua dor. Não pensa mais nas memórias do passado. Só vislumbra pela cortina dos cílios a outra imagem desgrenhada que continua de pé no terreiro. Aos poucos, a imagem de Maya vai se virando de costas e se põe a caminhar a passos lentos para o espaço entre duas casas de madeira. Desce o barranco, se apoiando nos degraus de terra. Vai até o rio e ali fica, longe da vista do corpo deitado na rede, longe dos rezadores que não a veem sair e seguir para onde não deveria. Os dois velhos insistem por toda a noite, não sabem que suas palavras se perdem nos torrões de terra, que se embaraçam nos fios de eletricidade. No começo da manhã eles param; depois de atravessarem a noite reunindo todos os esforços, decidem interromper a cantoria e descansar. Maya permanece deitada, a respiração lenta, incompleta, insuficiente.

"Vai precisar ajeitar melhor o nosso dizer pra ela continuar acordada", diz Zé Gavião.

"A encontradora é que pode resolver", diz Manuel.

"Só ela mesmo que sabe", concorda Zé Gavião.

Então se retiram da varanda, enquanto o sol começa a aparecer por cima da copa das árvores, fincando suas lâminas na terra. Maya murmura alguma coisa com os lábios fechados, mas ninguém consegue entender.

7.

Não se pode revelar o nome do filho de Maya. Foi depois daquele curso que sua presença mudou, que começou a descer para a cidade. Já não queria namorar as garotas com as quais havia crescido, passou a sentir falta do asfalto, vontade de cerveja, de bagunça de forró, de ruído de moto, ele e os primos. Juntavam todo mundo numa canoa, dividiam a gasolina e rumavam para a Cidade do Jambeiro. Os jovens iam chegando na beira, diziam que para fazer tratamento de saúde ou para cumprir mais uma etapa dos cursos de formação. Subiam a ladeira e apareciam na praça, onde encontravam os rapazes de outras comunidades rio acima e abaixo.

O filho de Maya ia quase sempre com os primos. Procuravam camisetas de futebol e óculos escuros para comprar, trocavam o que conseguiam por bandas de carne salgada que tinham caçado durante a viagem. Vestiam-se como brasileiros, deixavam roupas velhas de viagem na canoa para se cobrirem com as cores das camisetas de náilon. Armavam a rede na varanda ou debaixo da casa de algum parente e lá ficavam enquanto encontrassem alguém disposto a dividir comida, enquanto ainda tivessem algum trocado para se manter. Um dos primos do filho de Maya conseguia com frequência ajuda com os padres, por vezes com uns gringos que haviam trabalhado na casa do seu avô. Iam ficando por ali para ver as meninas da cidade. Dançavam forró quando podiam, quando os jovens brasileiros não os expulsavam. Ficavam num canto do galpão, sem se intrometer demais na festa, esperando pelas meninas que conheciam.

Namorar era outra coisa para eles. Beijo na boca, gostavam dos beijos de língua que elas davam. Chupão no pescoço, foram aprendendo tudo isso. E quando tinham um lugar para ir, que fosse no mato mesmo, tiravam a roupa e deixavam que elas sugassem entre as pernas deles, deixavam o leite escorrer nos lábios delas, tudo isso que eles não conheciam e que ficava marcado na carne. O mesmo acontecia com o filho de Maya. O nome da garota era Nashielly. Ela tirava toda a roupa e depois o deixava pelado. Ela é que dizia o que queria fazer, como gostava, e o rapaz obedecia. A moça levava as mãos dele para o lugar certo, mexia naquele corpo de homem que começava a aprender o que era o desejo. O coração dele acelerava, queria sair pela boca, e aí davam mais beijos de língua, nem queriam desgrudar um do outro. Depois se vestiam e voltavam para a cidade. Nashielly largava a mão do rapaz assim que entravam na praça.

O filho de Maya foi se acostumando. Não só ele, mas também outros parentes acabaram por gostar do jeito de namorar e de fazer festa de brasileiro. Quando o dinheiro chegava ao fim, tentavam de qualquer maneira continuar ali por mais alguns dias, bebiam o que conseguiam ou o que alguém dava para eles, caíam pelos cantos durante a noite, os olhos revirados pelo líquido que queimava o esôfago. Nem cachaça era aquilo. Iam tombando nas ruas, perdiam as coisas que haviam comprado pouco antes, os bonés, as falsas correntes douradas. Os parentes mais velhos como Maya pensavam que isso acontecia por conta da presença de cachorro e de galinha que deitavam nas costas deles e os faziam cair feito os troncos na floresta. Quando não dormiam no chão, era porque tinham ficado no ladrilho duro da delegacia ou da casa de apoio até o dia nascer.

Então chegavam no limite. Quando isso acontecia, tinham que procurar pelos outros parentes e subir o rio de volta para casa, com a fome apertando na barriga, fracos, doentes. O filho de Maya, os primos que precisavam partir, todos eles se juntavam e nem sempre esperavam pelos outros, que ainda podiam passar alguns dias na Cidade do Jambeiro ou às vezes mais abaixo, na da Fronteira. Estavam sujos, com as roupas novas rasgadas, não queriam que as meninas os vissem. O filho de Maya fugiu de Nashielly uma vez em que estava nessa situação, foi direto se lavar com a água suja da beira, que ele pegava com um caneco de alumínio. Entrou na canoa e deitou no fundo, coberto com um pedaço de lona encardida, tentando escapar do sol e da dor que queria explodir sua cabeça. Logo vieram os outros, um primo com um galão de gasolina, outro com um cacho de bananas e macaxeiras doadas por alguma tia. Um ou outro anzol, eles levaram para enfrentar os dias de viagem. A fome é que os mandava embora. E a vergonha.

O filho de Maya foi se levantando devagar, à medida que a canoa saía da beira. Molhou de novo o rosto com a água fresca, e sentou no banco para ver a cidade se afastar numa volta do rio. A outra margem já se achava quase pelada. Por horas ele seguiu contemplando os barrancos sem árvores, descarnados. Estava pela metade. Uma parte tinha ficado lá, na praça da Cidade do Jambeiro, agarrada com o perfume dos peitos de Nashielly, beijando o pescoço dela. Aquela parte que faltava, talvez ele não pudesse mais resgatar. Por que a moça esperaria por uma pessoa jogada no asfalto, sem camiseta, a calça arriada durante toda a noite? O rapaz lançou os olhos na água, em silêncio. Depois de algum tempo viu as árvores reaparecerem aos poucos, espalhadas aqui e ali pelo descampado que começava a dar lugar à floresta. No galho de uma árvore mais baixa, o filho de Maya se imaginou pendurado pelo pescoço, enfim livre da vontade que lhe apertava as costelas.

8.

Noma tinha outro corpo, era diferente de seus primos e irmãos, e apenas as mães dela sabiam. Era cuidada pela mulher que a carregou na barriga e pelas irmãs dessa mulher, suas tias, que também a fizeram crescer com o leite dos seus seios. Temendo que a maltratassem se descobrissem esse segredo, protegiam a criança durante os banhos no rio. Diziam que Noma era criança de sonho e que não deveria se misturar com água dos homens. Quando seu corpo começou a mudar e os pelos foram aparecendo, ela mesma se entendeu de outra maneira, não mais como o menino que diziam ser. Crescia forte com jeito delicado, o olhar cativante. As mães a preservavam da curiosidade que despertava, avisavam que ela era criança de corpo bifurcado e que por isso deveriam tomar cuidado. Ameaçavam. Quem lhe fizesse mal ficaria coberto de feridas e apodreceria na floresta. Lembravam do que diziam os finados pajés sobre essas crianças de sonho, sobre os riscos de desrespeitá-las; lembravam da chegada das onças celestes que devorariam a todos, a começar pela família que ousasse maltratá-las. Isso, que aconteceu em tempos antigos, poderia muito bem se repetir. As onças celestes fincariam os dentes no crânio dos homens e rasgariam sua pele de cima a baixo, largando-os esfolados no sol escaldante do meio-dia para serem devorados pelas vespas. Então deixaram de incomodar Noma. E quanto mais ela crescia e revelava suas capacidades incomuns, pois conhecia tudo o que os outros demoravam uma vida inteira para aprender, mais era respeitada.

Quando voltou do curso de formação que deixou seus parentes doentes, Noma contou para os mais velhos o que tinha visto durante a noite — as sombras pegajosas correndo por baixo do assoalho, as mesmas sombras que entravam pelos corpos dos professores quando estes bolinavam os meninos, espalhando a doença de apodrecer fígado da qual passaram a sofrer. Assim, perceberam que Noma era também uma encontradora, como as de antigamente. Era uma escutadora e enxergadora, capaz de apreender tudo que os outros não conseguiam com seus sentidos embaçados. Noma entendia a escrita como ninguém. Não descia para a cidade com os seus primos quando eles a chamavam. Após algum tempo, desistiram de convidá-la. Já sabiam que ela não viria. Tinha ficado de cuidar da escola, dos caixotes de livros e outros materiais que eram guardados num armário do galpão de madeira entregue pela prefeitura.

Depois que voltaram do curso, Noma começou a mudar rapidamente. Os traços finos, a pele mais clara que a de seus primos e irmãos. A voz não engrossava como a dos outros rapazes, e ela seguia falando de seu jeito diferente, embora os pelos já aparecessem sob as axilas e no meio das pernas. Por isso talvez ela não se juntasse aos demais. Os velhos cuidavam dela, com medo do que pudesse acontecer. Era perigoso que viajasse sozinha, poderia facilmente ser atacada durante a noite se passasse por algum cemitério. Sua pele era quase transparente para os olhares noturnos, que certamente a atravessariam como a um pedaço de papel.

Quando estava com as mulheres, com suas irmãs e primas, Noma queria que elas a pintassem nos lábios e nos cantos das bochechas com batom. Não pedia os desenhos dos antigos, mas os que tinham sido inventados agora. Queria usar sutiã. Sentia-se bonita vestida como elas e pedia que a chamassem de menina, pois já se enxergava como mulher, ainda que fosse duplo o seu sexo, ainda que fosse ambíguo o seu corpo, como o de uma garota-rapaz. E depois tossia, ficava adoentada, ia deitar numa rede que armavam especialmente para ela em algum canto fresco das casas. Os mais velhos sabiam que ela não tinha a doença de alguns dos meninos que foram estudar com os professores. O sangue de Noma não era estragado como o dos demais. Diziam que não tinha vermes no fígado, não tinha outros bichos que revolviam as suas entranhas e nem a cabeça cheia de fumaça de cigarro. Sabiam que ela era outra.

Foi apenas no dia em que Noma desapareceu que as coisas começaram a mudar. Deram por sua falta no início da noite, quando ela não veio jantar. Procuraram em todas as casas, mas ninguém a tinha visto. Fizeram chamadas de rádio para as aldeias vizinhas, mas não a encontraram. Se tivesse desmaiado e caído no rio, decerto teria sido devorada pelos jacarés ou pelas sucuris, pensaram. Mas sabiam que Noma se banhava só nos igarapés mais rasos e que praticamente nunca caminhava pela margem do rio. Passaram a noite inquietos, temendo que alguém tivesse feito mal a ela e que as ameaças de suas mães viessem a se concretizar. Todos poderiam ser punidos pelo descuido, se ela tivesse sido maltratada. Assim que clareou, eles saíram em sua busca. Andaram por todos os cantos e trilhas do roçado, até que a encontraram caída entre as raízes de uma samaúma. Carregaram a garota para a maloca e a deitaram na rede.

Nesse tempo, os sonhos começaram, e Noma gritava durante a noite. A mãe se sentava ao seu lado. Os parentes mais velhos diziam que não adiantava, que era assim mesmo. Explicavam que os gritos só parariam quando fosse a hora. Na verdade, ela grunhia, não chegava a gritar. Os ruídos não saíam só pela boca. O corpo todo soava. O velho Felipe disse que era queixada, que era a presença de porco-do-mato que a atravessava. A menina se sacudia na rede e então a seguravam com firmeza para que não caísse e se arrebentasse no chão. Seguravam firme aquela pele transparente para os outros olhares. Nem parecia Noma. Felipe contou ter sentido um pelo de queixada roçar em seu braço. Outros discutiram com o velho, perguntavam se era mesmo porco o que ele havia sentido ou se não era só o fio do tucum das cordas da rede. Mas ele sabia o que estava dizendo, tinha percebido também a catinga forte e inconfundível, o rastro de porco espalhado pelo mato.

Depois Noma acordava, sempre no meio da madrugada, quando apenas os homens mais velhos seguiam despertos cuidando da garota-rapaz. Então eles perguntavam o que tinha visto, o que tinha acontecido com ela. Noma não conseguia falar. Ela não estava ali, queria sair da rede mas não saía, queria pensar mas não pensava. Sua língua havia sido roubada. Noma mexia a boca, mas as palavras não apareciam. Felipe pediu a ela que abrisse de novo os lábios e retirou dali um pelo de queixada. Mostrou a coisa para os outros que, na penumbra das lamparinas de querosene, examinaram a evidência com assombro e desconfiança. Eles sabiam o que aquilo poderia significar. Enfim Noma começou a falar. As palavras aos poucos foram voltando e, mesmo engasgada, ela conseguiu relatar algo do que tinha visto, do que se lembrava enquanto estivera quase morta, doente, deitada em sua rede.

"O buraco era fundo", disse para os velhos ali sentados. "Eu vi aquele buraco se abrindo bem no pé da árvore onde vocês me acharam. Fui agachando pra entrar no buraco, tinha visto algum bicho correr por ali. Não sei se tatu..."

"Não foi queixada, não?", perguntou Felipe.

"Eu nem sei... Tava tudo meio escuro, tinha muita fumaça, alguém deve ter botado... Então eu fui entrando, fui descendo meio apertada, primeiro passei a cabeça e os ombros, e depois despenquei inteira. Olhei pra trás, vi a entrada lá em cima e falei pra mim mesma, e agora?, mas aí eu continuei..."

"E depois?", perguntou Felipe.
"Eu fui descendo, fazer o quê, né? Eu fui descendo."
"E depois?", insistiu ele.
"Depois?"
"Não lembra mais?"

Noma ficou quieta um tempo. A cabeça estava vazia, as palavras tinham fugido. Ficou assim parada olhando para a cumeeira da casa. Então recomeçou:

"Eu fui descendo e vi uma luz lá pra baixo. Tava muito forte aquela luz, continuei andando até chegar perto dela. Ali era a saída, muito claro mesmo, aquele lugar. Aí quando eu ia chegando... quando eu tava quase ali, eu nem sei..."

9.

O filho de Maya desceu mais uma vez para a Cidade do Jambeiro, junto com os primos. De novo não avisaram as tias, que trabalhavam no roçado quando eles saíram numa das canoas da aldeia. Chegou a pensar em sua mãe por alguns instantes. Onde estaria? Com certeza ganhando a vida na Cidade da Fronteira, como sempre, junto com seu pai, no meio daquelas mantas fedidas de pirarucu, vendidas a troco de quase nada para os comerciantes que as levariam rio abaixo para serem comidas nos restaurantes de Manaus. Que se dane, falou para si mesmo. Precisava de qualquer maneira encontrar Nashielly, já fazia mais de dois meses que não a via. E precisavam também dar um jeito naquela situação, exigir respeito, arrumar mais do que só troco e favor. Em alguns dias já tinham passado pelo posto de controle que protegia as suas terras e navegavam na parte mais movimentada do rio, por entre as voadeiras que projetavam ondas contra a canoa de madeira, que quase virava de tão carregada. Estavam animados com o jogo de futebol que haviam acertado para os dias seguintes. Quem sabe lá não conseguiriam conversar com "aquele pessoal do sistema", como tinham ouvido falar que era o nome deles, quem sabe não poderiam participar também. Queriam saber mais do que se passava por trás das estradas que davam na Cidade do Jambeiro, das coisas sobre as quais o pessoal falava após os jogos, que ouviam durante as brigas, coisas que eles já estavam começando a entender melhor.

Depois do lugar chamado Estirão do Mutum, as árvores iam rareando. Era por ali que acabava a cobertura verde e vinha o paliteiro desigual de madeiras tombadas e calcinadas que mal escondiam a terra vermelha exposta ao sol. Um pouco antes daquele lugar o filho de Maya viu o galho no qual tinha pensado em se pendurar. Desde a última vez que voltou da cidade, ele seguia com a ideia durante a noite, quando se recolhia para a rede. Chegou a sonhar com a presença que o espreitava, as mãos enormes segurando uma corda enlaçada. Por todo o tempo em que ficou em sua casa rio acima ele fugiu da sua prima, aquela com quem cresceu, aquela com quem poderia deitar. Implicava com seu corpo, com a timidez, com tudo o que ela não sabia sobre namorar, sobre beijo na boca. Pensou que Nashielly o evitaria quando o visse entrar na cidade com roupas sujas de terra. Por isso precisava dar um jeito, sair "daquela condição", como escutara dos professores.

Logo foram chegando na beira, ouvindo a confusão dos motores das canoas que aportavam, da música que soava da praça. Era fim de tarde de sexta-feira e a rua estava cheia. Prenderam a canoa no flutuante dos parentes e foram saindo, um depois do outro, pisando nas tábuas carcomidas que quase afundavam na água suja de óleo. Estavam cansados, mas tinham fome de festa de branco, de bagunça de cerveja. Daquela vez não faltaria dinheiro nem mais nada do que quisessem, iam falando uns para os outros. Depois do futebol eles dariam um jeito, conversariam com aquele pessoal e tentariam se resolver. Assim que subiu a ladeira que dava na praça principal, o filho de Maya viu Nashielly sentada numa mureta com suas amigas. Estava bonita, arrumada, usando um conjunto curtinho vermelho e dourado. O filho de Maya ficou doido, o coração acelerado. Separou-se dos primos e se apoiou num poste, esperando que a moça notasse sua presença. Nashielly se levantou junto com as amigas e foi para o outro lado da praça, onde estavam os brasileiros. Fingiu não ter visto o rapaz. A viagem tinha sido longa, mais ainda os meses de espera. Se ficasse ali parado é que nada mesmo ia acontecer. Como ela saberia dos seus sentimentos? Não tinha saudades? Por que passava para o lado de lá? Foi o que pensou.

Mesmo malvestido, tomou coragem para cruzar a praça e ir para perto de onde a garota estava sentada. Não tinha bebido nem comido nada, mas não conseguia esperar. Atravessou o grupo de brasileiros que o olhavam de cima a baixo e davam risada com o canto da boca. Nashielly desviou o rosto para outro lado, incomodada. Ele segurou no pulso dela e pediu para conversar. O coração saltando pela boca, as pernas tremendo. A moça repeliu o filho de Maya.

"Me larga! Não te conheço", ela disse, virando de costas para o rapaz.

"Sou eu, meu amor, minha paixão. Esqueceu de mim?", ele respondeu com as palavras que ela mesma tinha lhe ensinado.

Logo o rapaz sentiu um empurrão. Foi derrubado, a cara colada na terra, a bochecha amassada pelo solado duro de uma bota de couro. Viu as pernas das pessoas se afastando aos gritos, o rosto de Nashielly que o observava assustada, enquanto era amparada pelas amigas. Sentiu chutes na barriga, nas costas e por todo o corpo, sentiu as escarradas que caíam sobre a sua cara, um ardor que se espalhava muito mais por dentro do que pela carne. Então sua vista escureceu, coberta pelo sangue que escorria das sobrancelhas.

Quando acordou, estava deitado no fundo da canoa, cercado pelos primos que ele via com dificuldade por entre as pálpebras inchadas. Aos poucos os reconheceu, ofuscado pela luz de um holofote que havia no flutuante. Aos poucos conseguiu sentar, encurvado. Certamente tinha quebrado algumas costelas, constatou enquanto tudo voltava à sua mente, o pulso fino e perfumado de Nashielly, o desprezo, o empurrão, os pontapés. Os primos lavavam seu rosto, limpavam o olho esquerdo quase fechado. Foram tirando com cuidado a roupa suja de terra e o deixaram só de cuecas. Começavam a aumentar as manchas roxas.

Os primos não podiam ver a parte mais interna do filho de Maya, o seu pertencimento, o gostar de si que estava todo destroçado. Sentir, eles sentiam, porque poderia ter acontecido com eles. Mas não enxergavam o interior confundido, tomado pela raiva dos brasileiros que crescia calada, reduzido que estava ao tamanho de um grão de poeira de beira de asfalto esburacado. Não tinha mágoa de Nashielly, apesar de tudo não deixava de sentir saudades, de querer beijá-la loucamente. Tinha raiva daqueles caras de bota de couro, e principalmente de si mesmo, das roupas sujas que vestia, da primeira vez que pisou na cidade, dos olhares tortos, do pouco de vida que tinha conseguido levar com as garotas da cidade, do forró, da sua própria boca, de seus olhos puxados, de tudo o que diziam que não lhe pertencia, de todas as risadas, do galho da árvore em que não tinha se pendurado, do sexo que não esfriava.

10.

Durante algum tempo foi assim. Noma era a única que recebia o salário para cuidar da escola, dos caixotes de livros que a prefeitura tinha trazido e que ficavam guardados no armário empoeirado. Noma chamava os parentes e as crianças para estudar, esperando que todos se sentassem nas poucas carteiras mancas e carcomidas da escola de tábuas com telhas de alumínio. Abria uma página e começava, ia escrevendo na lousa virada de costas para o rio que corria barranco abaixo. Os parentes olhavam os desenhos traçados na lousa e repetiam em seus cadernos, percorriam as linhas com a ponta dos dedos, enquanto o suor escorria pelo corpo.
  Depois, quando acabavam de preencher a página com as imagens e Noma terminava suas explicações, eles iam embora. Saíam correndo pela escada de madeira em direção ao rio, às suas casas, a qualquer lugar longe das carteiras. No outro dia, Noma chamava e tudo recomeçava. Enxugavam a testa com as mãos e escreviam o quanto conseguiam, sem entender como os traços se relacionavam com os sons que ela emitia. Noma já conhecia o caminho para onde as palavras levavam. Nem precisaria ter passado pelo curso no qual os outros garotos adoeceram. Passar por lá, ela passou, escolhida para ser a professora, ela foi, mas nada disso colou em sua carne. Não foram os livros que a ensinaram. Ela entendia pelo avesso, via o outro lado das palavras, via os caminhos que os brasileiros ignoravam e que os ligavam às sombras, que faziam deles uma só confusão. Tudo

isso Noma via em seu peito, no espaço de suas costelas. Assim é que aprendia enquanto estava ausente, virada.

Foi então que aqueles passeios começaram a acontecer com mais frequência, depois de quase ter morrido. Ela via a si própria deitada na rede ao mesmo tempo que seu corpo, com os pés no chão, se punha a caminhar para longe de casa. Descia os degraus de madeira e se afastava, tomada pela noite que cobria as costas. Sua pele estava banhada por uma luz azul, embora não houvesse lua, seus pés ficavam nítidos sobre a areia do terreiro. Ia até o limite das casas, contornava o roçado e pegava a trilha que levava para os caminhos de caça. Andava ágil pela terra, sem sentir os galhos e os espinhos sob os pés. Seu peso era outro. Seguia até encontrar um tronco enorme caído no meio da mata. Sentava-se numa das grandes raízes e lá ficava, olhando para o buraco que a árvore havia deixado ao tombar.

Numa dessas andanças ela acabou escutando. Ali sentada, ela ouviu pessoas que saíam do buraco e que se colocavam em pé. Era uma família. Um homem, uma mulher e alguns filhos pequenos. Eles ficaram parados, um ao lado do outro, olhando fixamente para Noma. O homem e a mulher tinham os cabelos compridos quase até a cintura. Usavam longas penas de arara nas narinas, voltas e mais voltas de cordões finíssimos no pescoço. Tinham o corpo todo coberto por pinturas onduladas vermelhas e brancas. As crianças não diziam nada, e nem mesmo o casal precisava falar alguma coisa. Apenas ficavam em pé.

Quando Noma começou a se levantar, a família se mexeu. Pareciam recuar, com medo daquela pessoa estranha, mas Noma não saiu do lugar, tentando entender as presenças. Ficaram assim, imóveis, testando as suas intenções. Aos poucos souberam que não havia risco. A mulher de corpo pintado se aproximou de Noma e apalpou seu peito com a ponta dos dedos. O pensamento que circulava entre os corpos rapidamente os acalmou. Era desse jeito que a mulher a entendia. Enquanto era examinada, Noma percebeu alguns fios pretos grossos bem acima do lábio da mulher, como um bigode. Notou que o nariz dela estava enfeitado com belos brincos de penas de arara.

Depois disso, as crianças se aproximaram. Também elas tinham o nariz maior que o das pessoas que Noma conhecia. As crianças mexeram no corpo de Noma, que deixava as mãos pequenas a percorrerem. As palmas eram pequenas e grossas, cascudas. Noma sentia um perfume forte de terra e de cogumelos sair dos cabelos daquelas pessoas, um perfume que a deixava sonolenta, quase a ponto de desmaiar. A mulher e as crianças recuaram para junto do homem, que esperava na boca do buraco empunhando uma lança comprida de madeira preta.

"Vamos, parente. É por aqui!", ele disse.

Noma desceu pelo caminho que o homem indicava. Era uma trilha estreita e difícil. Ela se escorava nas raízes para não escorregar. As crianças desciam rápidas mais para a frente. Enfim chegaram no fim da trilha, que dava numa planície coberta pela luz cobreada da outra terra. Avançaram pelos caminhos de um roçado extenso, farto, com pés de macaxeira muito maiores que os da superfície de cima. Também o milharal tinha espigas enormes, gordas, que despontavam poderosas. A mulher e o homem de cabelos compridos a acompanhavam, guiando-a naquele lugar insuspeito pelo qual, mais tarde, Maya também andaria.

"Como fazem pro milho crescer assim?", perguntou.

"É o nosso jeito, nasce assim mesmo", respondeu a mulher que estava ao seu lado.

"Mas agora tá ficando pior", emendou o homem, apontando para cima.

Foi então que Noma viu rachaduras no céu daquele lugar, que resplandecia com a luz alaranjada. As estranhas marcas tinham a forma de raízes vistas de baixo para cima, que riscavam o céu como se tivessem sido arrancadas do outro lado.

"O que é aquilo?", perguntou a estrangeira, olhando para o alto.

"Por aqui não sabemos. Desde que isso apareceu, nossas plantações choram, parece que estão com dor. Foi por isso que te deixamos descer pra cá."

II.

Glauber solicitou várias diárias, deixou os recibos assinados para mais de um mês de trabalho, embora precisasse de uma semana no máximo para a viagem. Tinha por pretexto verificar a situação dos parentes que haviam abandonado o curso fazia mais de um ano. Precisavam mostrar para aquele pessoal que não era assim que as coisas funcionavam, que as lideranças não podiam decidir o que bem entendessem, atrapalhando o calendário de formação dos estudantes que a Secretaria Municipal de Educação aplicava para seguir o cronograma geral dos municípios. Pouco tempo depois já estava na voadeira para viajar rio acima. Não deveria passar mais do que quatro noites nas aldeias.

Sua mãe falava deles desde que ele era criança, falava para não dizer, explicava para não contar direito. Esconder que também vinha da floresta, ela não podia, mas tinha que dar o exemplo, lembrar de todo o seu esforço quando decidiu morar na cidade, mesmo que o tuxaua não concordasse, mesmo que ela não quisesse mais escutar as palavras que o velho ficou despejando nos seus ouvidos durante quase uma noite inteira. Mas nada a convencia do contrário, ela queria mesmo sair do mato, ir embora dali. Não era costume dos parentes impedir a vontade de um ser que já pensa por si só. Protegida pelos pais de Nalva, a professora, ela aos poucos se ajeitou na Cidade do Jambeiro trabalhando na faxina. Logo encontrou marido brasileiro, homem que tinha carro bom e que viajava de avião para a capital, que gostava de pegar menina nova para criar, e conseguiu mudar de vida. Foi morar numa casa com eletrodomésticos, engravidou, virou brasileira. Agora que vai ter que subir para lá, ela dizia para Glauber, agora tu vai ver como é um lugar parecido com aquele onde nasci, aquela tristeza toda... Era o que dizia para o filho.

Na voadeira ele só olhava para a frente, enquanto o barqueiro conduzia o motor 60 da prefeitura que ia abrindo caminho pelas águas. Era o jeito mais rápido de chegar nas aldeias. Não queria passar muito tempo comendo feijoada enlatada, macarrão, essas coisas que trazia no rancho para evitar a comida das aldeias, a qual, dizia sua mãe, bem podia ter sido envenenada por algum pajé. Dois dias depois ele chegou. A voadeira foi se aproximando da beira de uma das principais aldeias rio acima, naquela onde talvez vivesse a família de um tuxaua falecido, que certa vez tinha aconselhado sua mãe com palavras insistentes.

Glauber desceu da voadeira orgulhoso de seu .38 Taurus preso na cintura da calça jeans, o cabelo penteado para trás, os óculos escuros. Subiu o barranco e não foi recebido por ninguém. Viu a porta de uma maloca grande e foi entrando sem mais, falando alto, lançando olhares safados para as meninas que estavam sentadas nas redes cuidando das crianças e fiando tucum.

"Cadê o cacique?", perguntou, mas não ouviu resposta. "Ô menina, foge não!", ele brincava, enquanto elas pegavam as crianças no colo e saíam depressa da maloca em direção a uma casa de paxiúba onde um pessoal estava aglomerado.

Glauber foi atrás. Aproximou-se do grupo, encontrou um homem mais velho que o encarava. Ele deixava as meninas passarem por ele para se esconder numa casa de tábuas que quase despencava barranco abaixo. Tirou o .38 da cintura e ficou jogando a máquina de lá pra cá para se exibir.

"Tu que manda aqui, é?", disse para o homem, que permanecia quieto. "O motivo da minha visita é falar sobre os estudantes, os jovens que esse ano abandonaram o curso antes da hora. Com quem é que eu posso falar, por gentileza, parente? Pode me dar a informação?"

"Sei nada não", o homem respondeu.

"Como tu não sabe? Pois é aqui que eles moram, nessa sua comunidade mesmo. Como é que eles vão aprender se faltam assim no curso, se vão embora antes do final? No ano que vem não vai ter certificado", ele dizia, sentando-se ao lado do homem, girando a pistola na tábua encardida.

"Brinca com isso não", falou o homem.

"E por que não?", retrucou Glauber, encostando de leve o cano da pistola na barriga do homem, que logo se levantou.

"Brinca não!", ele insistiu.

Ao ficar de pé, o homem abriu a vista para o interior da casa. Iluminada por um pouco de sol que passava pela porta, Glauber viu uma moça sentada numa rede. Ou talvez fosse um garoto, ele não entendeu bem. Tinha peitos pontudos aparecendo por entre os adornos de miçanga que enfeitavam seu belo corpo, mas o cabelo estava cortado mais curto que o das outras mulheres. Era Noma. A moça correspondeu ao olhar e não se incomodou com a avidez do estrangeiro cobiçando seus seios. Ela queria mesmo ser vista por um homem da cidade, queria se perceber desejada de um jeito que não era o da sua casa. Um fio de fogo rapidamente se abriu entre os dois olhares. O sentimento de Glauber quase escapava pela boca, por alguns instantes ele nem conseguia pensar em nenhuma palavra. Por pouco não se esqueceu do homem que, de pé na sua frente, apontava para uma maloca ainda maior construída do outro lado do terreno.

"Pergunta lá", ele falou.

Glauber foi caminhando naquela direção, sem conseguir tirar o olhar da garota que o encarava, curiosa. Também ela estava tomada por uma nuvem de torpor que, até então, não conhecia.

No fim do dia, os homens da maloca principal convidaram Glauber e o motorista da voadeira para o jantar. Alguns dos jovens que haviam participado do curso estavam quietos, sentados de cabeça baixa ao lado dos mais velhos. Antes que colocassem diante dos dois homens tigelas fumegantes de ensopado de carne de queixada, o mais velho se aproximou de Glauber e estendeu a mão esquerda, escurecida pela tintura de jenipapo. Glauber entendeu que deveria entregar a pistola, se quisesse passar a noite naquela casa e não no porto, dormindo mais uma vez no banco de ferro da voadeira e sendo devorado pelos carapanãs.

"Vai ficar guardada comigo enquanto tu não for embora. Aqui só aponta arma pra bicho de caça. Você que esqueceu, que não tem mais corpo de parente, você não sabe. Toma, pega isso", disse o velho, guardando o revólver num cesto e lhe dando em troca uma faquinha sem ponta, dessas de criança pequena brincar.

Glauber pegou a faca contrariado, notou as risadinhas discretas dos jovens e recusou o ensopado. Abriu duas latas de feijoada sob olhares interessados de seus anfitriões que ele fingiu ignorar. Inspecionou a maloca que considerava suja por não estar coberta de porcelanato, nem mesmo contrapiso tinha, só terra batida, restos de cinza e de tocos de carvão nos lugares onde fogueiras foram apagadas, um canto enlameado por alguma criança que tinha sido lavada pouco antes, pencas podres de banana encostadas numa pilastra enegrecida pela fuligem, palhas de milho varridas, cachorros esquálidos que se coçavam.

Depois de ameaçar com palavras burocráticas, de explicar a fiscalização que iria fazer na escola e a conversa que teria com o professor da aldeia para que o salário dele não fosse cortado, depois de dizer que no ano seguinte não ganhariam certificado nenhum, e isso e mais aquilo, seu esôfago começou a queimar com a azia provocada pela feijoada fermentada e ele arrotou.

Levantou-se praguejando e chutou a lata vazia de feijoada para o fundo do banco, dizendo que ia se aliviar no mato. Não prestou atenção quando começaram a falar sobre as doenças que se espalharam por causa do curso no barracão, sobre a denúncia que fizeram naquela época, sobre o motivo de ele ter chegado ali tanto tempo depois, atrasado. Deu as costas para eles e caminhou rumo à porta da maloca.

Assim que saiu, viu uma sombra escapando pelo canto da parede de palha. Foi atrás. Lá estava Noma, soltando fagulhas de fascínio pelos olhos, curiosa, despreparada. Glauber, incendiado, não hesitou, correu atrás dela e agarrou a garota pelo braço, arrastando-a rapidamente para as árvores. Sua mão esmagava a pele nova de Noma, que tentava se soltar sacudindo o braço, assustada. Glauber apertou com mais força, até que ela gritasse e conseguisse se desgarrar. Antes que ela escapasse, o homem forçou a mão pelas suas pernas e passou os dedos no sexo duplo da garota, que não entendeu aquela intromissão. Noma correu chorando e confusa, abrigando-se em sua casa no outro lado do terreiro.

No dia seguinte, sentado no banco da voadeira que já descia pelo rio, ele apalpou o .38 desarmado, cujo cano roçava seu pênis duro esmagado na dobra do jeans. Lembrou com orgulho do pouco que, pelo menos, tinha conseguido roubar daquele corpo jovem. Ficou pensando no que havia de fato apalpado, na dúvida sobre o sexo de Noma que o acendia como nunca. Lembrou do gosto que, na noite anterior, havia sobrado na ponta de seus dedos e que ele apreciou depois, sozinho, deitado numa rede que lhe emprestaram. Não esqueceu mais da linha de fogo que saía dos olhos da garota que o cativou. Olhando as árvores que se sucediam na beira do rio, pensou com desgosto no chão da maloca que lhe parecera imunda, na pele reluzente de jenipapo da mão do velho, na faquinha de criança, nas risadas que o envergonharam.

12.

Enquanto o corpo de Maya permanece deitado na rede, aquela outra Maya desgarrada que estava no meio do terreiro agora segue descendo pelo caminho do rio. Passo após passo ela desce pelos degraus de terra, até seus tornozelos começarem a ser tomados pela água. Um pouco mais e o meio da coxa já está molhado e, depois, a cintura. Ela caminha em silêncio, sem vacilar. Ninguém a impede de ir em frente. Ninguém segura em seu ombro e a traz de volta para o corpo incompleto que murmura na rede de algodão. O tio de Maya põe a mão em sua testa. Já é fim de tarde e ela arde em febre. A outra Maya vai descendo pela margem e tem o corpo quase todo coberto pela água. Ela anda devagar, avança por um caminho que não está molhado, pois a água é só um efeito para quem a olha por cima. Uma vez terminada a passagem, tudo é seco, quieto, aberto. As árvores estão ali também, mas são mais delgadas, menores. Maya continua pela trilha iluminada por uma luz alaranjada.

Ela para numa encruzilhada, pensando por onde seguir. Se olhasse para cima, não encontraria estrelas, porque elas não existem nesses cantos, mas sim um teto tomado pela luz cor de cobre. Durante a noite, verá a Lua de sangue que empresta seu lume para esse lugar. Mas ela olha para a frente, sem saber qual caminho tomar. Os olhos de Maya estão abertos, as pupilas escuras que nada refletem escondidas sob a franja, as mãos ajeitadas ao lado do corpo magro e alto, recoberto pelo mesmo vestido da sua outra parte, aquela melancólica, incompleta, deitada na rede.

"Se eu for pra direita, o que vou achar? Pra qual lado da encruzilhada devo seguir?", murmura Maya deitada na varanda.

Na casa do tio, sua voz ecoa o que fala a outra Maya, perdida pelos caminhos subterrâneos. O tio aproxima o ouvido da boca da mulher para escutar, mas ela vira para o outro lado e segue gemendo.

"O que foi, sobrinha?", pergunta Zé Gavião, debruçando-se sobre o corpo na rede.

"Se eu for pra esquerda, o que vou achar?"

Maya ignora quem está sentado ao seu lado. O tio, por sua vez, não entende. O vizinho mais velho se ajeita. Zé Gavião explica que ela anda falando sobre uma encruzilhada. Os dois se entreolham sem saber o que fazer.

"Ela foi andando, achou algum caminho. Nem parece que é ela que tá dizendo. Nem é o jeito dela mesma", diz Zé Gavião.

"Ela é outra", responde Manuel, se ajeitando no banco para começar a cantar.

"Ela levou o susto e aí ficou assim."

"Tá desencontrada."

"Precisa continuar o canto."

Os dois retomam os fios das palavras que, desta vez, chamam pela força do tronco da palmeira de pupunha, pelos espinhos da pupunha, pela cor cobreada dos frutos da pupunha, pela altura da pupunha. As palavras deveriam trazer de volta a imagem da mulher deitada na rede, aquelas palavras que eles despejam no mingau de banana. Mas eles erram de novo as passagens, trocam as partes da palmeira e dos seus cuidadores, que ficam confusos e não entendem o apelo. Continuam na copa da árvore, aqueles cuidadores, não saem dali, não descem para o corpo da doente. O vizinho cochila no meio do canto, depois acorda assustado e volta ao início, desencontrando as palavras do tio, que já estavam em outro trecho da sequência. Maya se vira na rede e recomeça a repetir as palavras de seu corpo-imagem que caminha pelos subterrâneos.

"Os porcos, vou atrás dos porcos", ela diz, deitada.

"Ela tá falando de porco, de queixada, não é melhor mudar o canto?", pergunta Manuel.

"A hora da mudança ainda não chegou. Continua assim mesmo senão vai perder a palavra de novo! Canto de queixada é diferente, eu nem sei direito como faz...", responde Zé Gavião, escutando aquelas palavras ecoadas, que vêm de outro lugar para soarem na boca da Maya esvaziada.

A outra Maya escolhe o caminho da direita e avança pela terra de baixo. Ela vai a passos lentos, arrastados. Segue pelo chão quente, tomando a trilha certa pela qual foram os queixadas. Vai em direção ao rio de baixo, à outra fronteira entre os tempos. Logo chegará na beira que os porcos não atravessam. Do outro lado ficam os perdidos, os desencontrados. Para no meio do caminho, cercada pelos porcos que não estão bravos, são apenas curiosos. Cheiram as pernas da mulher, rodeiam o seu corpo em reconhecimento, são eles os donos daquelas partes e faz sentido que se comportem assim. Gostariam de levá-la consigo, mas sabem que precisam tomar cuidado com os estrangeiros. Maya não tem medo. Espera até que os queixadas indiquem se ela pode continuar em seu caminho. Eles se esfregam nas suas pernas, soltam sua catinga no vestido, fazem um círculo à sua volta, enquanto ela permanece em silêncio.

Na casa de cima, onde a outra Maya segue deitada na rede, o tio e seu vizinho sentem o cheiro de porco, olham para o mato para ver se algum bicho passou por lá, perguntam-se sobre aquela catinga. No caminho de baixo, a imagem da mulher quer continuar, quer ir em frente.

Aos poucos, os queixadas vão abrindo o círculo e se colocam dos dois lados do caminho. O que saberão os queixadas?

O que se esconde sob a sua pelagem eriçada, coberta de gordura e de terra? Quem compreenderá as suas palavras disfarçadas pelos grunhidos que escapam por entre as presas afiadas? Tempos depois de Noma ter andado por ali é que Maya avança agora pela trilha, acompanhada por seus anfitriões.

13.

Aos poucos, o filho de Maya já havia conseguido se levantar. Caminhava pelas tábuas do flutuante com alguma dificuldade, as costelas quebradas causavam pontadas fortes, mas ele não parava de pensar na garota. Lembrava dos seios duros de Nashielly roçando contra o seu peito por baixo do vestido, do perfume do cabelo encaracolado, das coxas encostadas nas suas, das palavras que não entendia bem e que o acendiam. Lembrava da moça fumando seu cigarro marcado de batom, dando baforadas nas luzes da caixa de som carregada com o pen drive. Seus lábios acompanhavam as letras que ela sabia de cor e que ele se esforçava por aprender, o amor e a paixão, o sorriso que me envolve, seu olhar no meu olhar que me aquece, meu amor, não posso respirar de tanto desejo, me envolvo em seus cabelos, estou louca de paixão, assim ela cantava, assoprando a fumaça na cara do filho de Maya, que caía na vertigem de um corpo que não era seu, de uma promessa que não lhe pertencia. Com as mãos habilidosas, ela entrava para além da pele do rapaz e acariciava suas vísceras com as unhas pintadas de vermelho, transtornando por completo aquele corpo que tinha descoberto havia pouco os próprios músculos e os fluxos do sangue.

Veio a segunda noite. Desde que se abrigou no flutuante com o corpo quebrado e sangrando, não tinha comido nada, tampouco disse qualquer coisa. Apenas fora levado para lá por seus primos depois da surra. Então o deixaram e foram buscar abrigo na casa de outros parentes, voltando de vez em quando com alguma comida na qual ele mal tocava. O filho de Maya permanecia imóvel, os olhos parados num canto qualquer, vidrados no nada, vazios. Lembrava das conversas com seu pai, que também havia experimentado a doença que o namoro das moças da cidade trazia, doença de pegar coração, ele chamava. Dizia que aquelas mulheres não eram para eles, que o desejo delas levava a nossa imagem para longe e que depois ninguém mais conseguia encontrar, nem mesmo os pajés escutadores, e que era melhor ele parar de ir nas festas de forró e pensar mais nas suas primas.

O filho de Maya escutava as palavras de seu pai sem querer entender, embora percebendo nelas alguma verdade que, agora, suas costelas quebradas conseguiam reforçar. Mas a memória das mãos de Nashielly passeando por suas coxas era mais forte, a lembrança dos beijos se misturava ao rosto chutado pela bota de couro, tudo parte de uma mesma coisa, meu amor, por que você partiu, louco de paixão, recordava-se dos versos que ela cantava. De quem era aquele jeito da cidade, o corpo das mulheres que dançavam no forró? Elas tinham dono?, pensava. É assim mesmo quando a gente mexe com elas, dizia seu pai. Elas pegam nosso gostar e levam embora feito cachorro roubando comida. Aí, quando vai ver, nem é mais você, já foi embora, não tá mais aí, explicava.

Ele estava pela metade. Aquele rapaz deitado nas tábuas do flutuante com as costelas quebradas ainda era ele mesmo, mas não muito, quase nada, aos poucos ia se esvaindo pelas frestas das tábuas nas quais seu olhar se fixava. Seus gemidos, ninguém ouvia. Pensava em ir à procura da terra antes da hora, em se pendurar no galho da árvore. Pensava nos chutes e escarradas, nas músicas que sua memória não parava de repetir, minha paixão, meu desejo, o perfume de seus cabelos que se foram, tudo isso se revolvia dentro dele. E também as palavras de seu pai, que contava sobre quando decidiu correr para a mata. No meio das raízes da samaúma ele dormiu por três noites, depois de tomar o líquido da árvore que fizera escorrer com o fio da faca e que caía dentro de sua boca. Ali mesmo sonhou, recuperou seu corpo e afastou a presença da mulher que certa vez o tinha sugado no meio das pernas, que tinha mexido por dentro das suas costelas. Então ele pôde se colocar novamente de pé. Tinha esse repertório e quis ensinar o filho, desde que este começou a descer muitas vezes para as cidades. Mas o garoto deitado no flutuante, ele não havia acolhido direito esse saber. Onde estavam agora as palavras de seu pai? Perdidas nas curvas do ouvido, na música do pen drive, envoltas pelo perfume de Nashielly?

Sua raiva fermentava de outra maneira. Ele não queria fazer o caminho de volta rio acima só porque o derrubaram no meio da praça, porque o chutaram, porque não tinha a roupa, a palavra certa, não tinha as correntes douradas verdadeiras, os presentes. Havia tomado aquela noite como um desafio. No dia do futebol ele e os primos conversariam com aquele pessoal depois da partida. Afinal, eles não conheciam os caminhos da mata para além do posto de controle, bem para lá da parte queimada da floresta, das clareiras abertas pelos tratores, das estradas pelas quais passavam os caminhões repletos de toras. Quem sabe ele e os primos não dariam um jeito. Tinham escutado algumas vezes aquelas pessoas dizerem que estavam precisando de outras passagens, de um modo melhor para fazer a coisa. Talvez assim pudessem ficar o quanto quisessem na Cidade do Jambeiro, poderiam dormir no hotel e comer no restaurante, convidar as meninas para viajar até mais longe, até mesmo para Manaus. Depois virou de lado e dormiu.

14.

O filho de Maya estava com seus primos numa beira de rio. A água barrenta corria furiosa, arrastando toras que haviam se soltado de uma balsa e fugiam descontroladas pela enxurrada. Queriam atravessar, mas como? Os primos se entreolhavam ansiosos, ofegantes. Estavam pelados, os joelhos tremiam de frio e de medo. O filho de Maya percebeu que, do ombro de um dos primos, saíam pequenos tapurus que iam tomando conta daquele corpo. Os vermes caíam também dos ouvidos do rapaz malcheiroso como carne que passou do ponto. O primo falava aflito. Precisamos atravessar, insistia apontando para trás. O filho de Maya viu um grupo de homens encapuzados que se aproximava. Estavam todos cobertos com roupas pretas e máscaras que deixavam apenas os olhos de fora, empunhavam escopetas e revólveres.

"Vamos nadar até o outro lado!", dizia o primo.

Os homens se aproximavam cada vez mais rápido. Em pouco tempo alcançariam os rapazes e os encurralariam contra o rio feroz.

"Espera!", dizia outro primo com as bochechas também tomadas pelos vermes. "Não dá pra atravessar agora!"

Quando se deram conta, já tinham sido alcançados pelos homens encapuzados. Eles estavam parados na beira do rio, ofegantes, a poucos palmos dos rapazes, mas não os enxergavam. Era como se os meninos não estivessem ali. O filho de Maya tomou coragem e encostou no cano da escopeta de um dos mascarados, que a puxou para si sem entender o que é que mexia na sua arma.

"Tem gente aqui!", dizia o homem, assustado.

"De quem você está falando?", perguntava um outro.

Os primos permaneciam em pé, calados, temendo que em algum momento fossem notados. O filho de Maya levou as mãos ao rosto e recolheu tapurus que escorriam pelo seu nariz. Eram brancos e viscosos, os pequenos corpos dançantes cobertos de anéis. Percebeu que tinha fome e pensou em comê-los, mas acabou jogando tudo na terra. Um dos primos também pegava as larvas que lhe caíam da boca. O filho de Maya pensou que não poderia comer o que sai de seu próprio corpo.

Os homens encapuzados decidiram descansar sentados entre as raízes de uma samaúma. Um deles tirou o capuz e revelou sua cara de cachorro, os dentes pontudos aparecendo em meio à pele pendente das bochechas. Arrancava com voracidade nacos de um pedaço de carne que havia retirado do bolso. Outro abaixou as calças. Cobras saíam da sua bunda ensanguentada. O rio seguia violento, implacável, invadido pelas toras que batiam umas nas outras descendo pela correnteza. Ouviam-se trovões se acumulando a montante. Era a tempestade que viria com força e talvez tomasse as margens do barranco, fazendo rolar as pedras que sustentam o limite do céu, no encontro da cabeceira do rio com o horizonte, o filho de Maya pensava dentro do sonho. O céu não tardaria a despejar seu ódio, que arrastaria a todos. Ele via casas de palafita, canoas arrebentadas, restos de mobília, galões vazios, roupas, cabeças, portas e pernas descerem junto com as toras de madeira que brilhavam na espuma das águas feito corpos musculosos lustrados de suor.

De repente, os encapuzados desapareceram. Ele via agora ao seu lado um homem ainda mais soturno, o rosto rodeado de cicatrizes e a pele marcada com desenhos malfeitos. Aquele homem o encarava, imóvel, com suas pupilas escuras e penetrantes, tensionando a grande cicatriz que lhe esticava as bochechas. Trazia nas mãos um pacote preto atado com muitas voltas de fita adesiva, do tamanho de um tijolo. Entregou o embrulho ao filho de Maya.

"Vai, abre, tu sabe o que tem que fazer", ordenou. "Abre logo! Vai esperar a enxurrada levar tudo embora? Não é o que tu queria?"

"Quem é você? Qual é o seu nome?", o rapaz perguntou.

"Por que quer saber o meu nome? Anda, pega o pacote!"

"Fala o seu nome!"

"O meu nome você já sabe."

"Picanha?"

O filho de Maya desembrulhou com ansiedade o pacote. Seu coração disparava. Tirou as fitas adesivas com dificuldade, tentando rasgá-las com as unhas, que se quebravam, arrancando pequenos e doloridos pedaços de carne da ponta dos dedos. Por fim conseguiu. Lá estava aquela coisa que o homem chamado Picanha dizia ter sido desejada pelo rapaz. O filho de Maya sentia o cheiro gelado branco subir por suas narinas, correndo rápido pelos pulmões, irradiando até o topo do crânio toda a força estranha que aquele pacote guardava. Então fechou tudo de novo, tornou a atar as fitas e abraçou o embrulho, ao mesmo tempo que o homem desaparecia dentro de uma sombra.

Do outro lado do rio estava sua mãe, em pé, coberta por um vestido vermelho de flores, imóvel. Uma luz amarelada envolvia seu corpo. Com os cabelos pretos desgrenhados, a mãe olhava fixamente para a outra margem, na qual os rapazes continuavam batendo os dentes de frio, pelados, afastando os tapurus que escorriam pelos seus orifícios. O filho de Maya apenas segurava o pacote entre os braços. Na outra margem, ela fazia um estranho sinal com as mãos. Chamava-o, embora ele não conseguisse escutar direito as palavras que se perdiam em meio ao ruído das águas. Aos poucos, pensou ter compreendido. Ela queria que ele jogasse aquele pacote no rio, talvez fosse isso que dizia, mas ele resistia, apertava a coisa contra o peito como se fosse sua. Maya estava cercada por homens-queixada que perambulavam ao seu redor. Por qual razão ele obedeceria à mãe e se livraria da coisa que o homem das cicatrizes tinha lhe entregado? Sua mãe gesticulava agitada, enquanto o barulho dos trovões aumentava, e também a fúria da enxurrada.

O filho de Maya acordou com o barulho da chuva caindo sobre o rio. Acima do barranco, as luzes da Cidade do Jambeiro já começavam a se acender. A estranha presença do homem das cicatrizes continuava em sua memória. Seguia na mente um nome do qual ele não se lembrava bem. Sua boca estava seca, as costelas latejavam de dor.

15.

Picanha, o desnascido, aquele que não lembrava de si mesmo. Ficou sozinho desde pequeno, quando seus pais foram mortos trabalhando com os garimpeiros. Caíram furados de bala numa confusão por causa dos grãos dourados que tinham achado na lama, o pai de pele escura que veio de outros cantos, a mãe, filha dos antepassados da floresta. O menino sobrou para um tio, homem vazio que mexia de noite no sobrinho, sedento de sua carne firme e nova. Não tinha mais quem cuidasse dele. Então ficou naquela armadilha, tentando se esquecer enquanto o tio se enfiava por suas partes, tentando deixar de existir até que a fome do homem se acabasse. Logo ficaram sabendo, foram sendo avisados, os moradores daquela vila construída em alguma volta perdida de rio. A vizinhança não se conformava com os avanços do tio, que deveria ser o cuidador. Combinaram que o menino seria levado de lá em segredo, por uma prima e seu marido. Foi o que aconteceu. Saíram de canoa direto para a Cidade da Fronteira e deixaram a criança na porta das missionárias, no lugar chamado Lar Renascer. Ali, durante anos ele viveu sem lembrar do passado. A prima também não disse nada ao deixá-lo aos cuidados das missionárias, só foi embora em silêncio depois de ter o acordo das mulheres que acolheram o menino esquálido e machucado.

Naquele abrigo ele ganhou outro nome, outro corpo também, alimentado com arroz e frango sua carne cresceu, a pele que se esticava dia após dia coberta de roupas doadas, acompanhado do ódio que o corroía por dentro sem que ele conhecesse sua origem, só o ódio que o lacerava, só o medo de que Satanás pudesse entrar em seu quarto e roubá-lo durante a noite, o Diabo sobre quem escutava falarem as americanas em suas conversas noturnas, Satanás, todas aquelas pessoas perigosas da floresta com seus olhos de peixe morto, os rostos chupados feito caveiras carcomidas pela escuridão prestes a se apossar de nossa alma se ela não estiver vigilante, se uma fortaleza mesmo não tiver sido erguida com as palavras do Senhor que constroem suas bases em nossos corações, diziam as missionárias. As mãos pegajosas do Diabo que nos assedia nos momentos de desespero e que nos quer levar junto com os ruídos dos seres da floresta e das sombras caídas, assim eram "aquelas pessoas" que a criança temia durante a noite, "aqueles índios perigosos" que as americanas inventavam, pensando que poderiam estar à espreita logo do outro lado da parede de seu quarto, bem na calçada. Foi crescendo esquecida de si a criança de nome trocado, fardo dos outros, filho de ninguém que passava de controle em controle, de ordem em ordem, de disciplina em disciplina, de nada em nada.

Então o que era? Nem Picanha ainda. Sentia os pelos começarem a crescer entre as pernas e debaixo dos braços, sentia o desejo despontar com força sob o pijama, sentia as palavras que o proibiam. Pela janela, olhava a calçada e via os corpos perambularem, as mulheres de shorts apertados na garupa dos mototáxis, dia após dia aquelas bundas que suas mãos não alcançavam, que as missionárias proibiam, encerrado nas paredes brancas do dormitório do Lar Renascer, dia após dia fechado nas tarefas da escola e nos cultos, cercado pela palavra dos pastores que por vezes apareciam lá para pregar. Quando via pela janela as moças circularem, pensava que aquela de cabelos compridos uma hora iria chegar na portaria e chamar pelo seu nome, fosse qual fosse. Então ele iria embora com ela, que o convidaria para sentar na garupa de sua moto e o levaria para uma praia de rio. Eles tirariam a roupa e se beijariam e fariam coisas que ele nem conhecia bem e depois ela diria que ele era seu namorado. Escutariam rádio a tarde inteira, não precisaria mais ouvir as palavras do Senhor. Olhava aquela sua garota favorita passar, os cabelos pretos longos esvoaçando contra as costas cobertas por um top minúsculo de lycra.

Então criou uma estratégia. Ofereceu-se para fazer as compras da missão. Passou a ir aos mercados porque tinha bom comportamento, sempre calado e obediente, confuso com as promessas do Senhor que talvez nunca se cumprissem para ele. Passou a sair com frequência, até o dia em que uma mulher o convidou mesmo para passear, uma que o acendeu por dentro. Experimentou o seu corpo e a bebida que ela ofereceu. Dias depois não podiam mais ficar longe um do outro e ela o chamou para morar em sua casa. Naquela construção de tábua e telhas de alumínio ele viveu enquanto a moça saía toda noite e voltava tarde, sem permitir que ele fizesse perguntas, deixando só o dinheiro que precisava para comprar os alimentos e a cerveja. Isso durou até o dia em que junto com ela veio um homem, um pedaço grande de músculos e tatuagens que dizia ser o dono da moça. No meio da noite ele chegou e o arrastou para fora da casa e o massacrou com um pedaço de pau e o levou vendado na caçamba de uma picape para outra casa onde o rapaz ficou desacordado até o dia seguinte, quando abriu os olhos e se viu amarrado numa cadeira.

Resistiu aos machucados sem saber o que ou quem era, esvaziou-se junto com os ossos do rosto e os dentes que se desmanchavam com tapas e socos, reviveu a memória raivosa do corpo do tio que, no passado, se jogava toda noite sobre o seu, a catinga quase esquecida, e achou que era o fim. Mas não. O homem levou para ele a namorada toda coberta de sangue, desacordada, e a jogou aos seus pés. Então se deu conta. O que era ele agora? Quem seria esse atravessamento exposto ao escuro do quarto infecto, naquele lugar onde ficou diante do corpo da namorada que, um dia depois do outro, começava a apodrecer? Suplicou com palavras que nem mais possuía, sentiu que o tal Senhor não o escutava, sentiu o ódio mais profundo. Já ouvia os urubus pousados nas telhas de alumínio, como se quisessem furá-las com suas garras.

Em meio ao desespero, disse para o tatuado que obedeceria e faria o que fosse necessário. Aquele homem criava um instrumento, um outro igual a ele, soldado-sombra que pudesse lhe servir. Certo de que o coitado cumpriria com sua palavra, o homem o libertou e mandou que o curassem antes do último teste. Só assim vai ter o seu lugar e ser alguém, dizia. Quando ele recuperou as forças, foi levado para um quarto escuro igual àquele em que tinha ficado com o corpo da mulher. Ali ele encontrou uma pessoa amarrada a uma cadeira. Então o tatuado falou, deu o ordenamento. Tinha que provar, tinha que fazer a coisa. Mostrou instrumentos de churrasco que usavam com frequência para grelhar as carnes, disse que podia usá-los à vontade. Assim foi. Lá mesmo ele depositou todos os seus abismos. Usou muito bem os espetos, as facas, segurou brasas com pegadores e as enfiou na carne do corpo amarrado que se debatia na sua frente. Apresentou aquele ser ao poço do desespero que ele mesmo havia conhecido. Cumprida a tarefa, recebeu seu nome verdadeiro. Por merecimento, entre risadas de seu mentor, passou a ser chamado de Picanha.

16.

A mata que os caminhões deixaram para trás estava ainda coberta por árvores mais altas. Elas disfarçavam os vazios criados pelos ipês e cedros que as serras elétricas derrubaram. Marcada pelas línguas de estradas vicinais, salpicada por manchas de óleo, aquela terra arranhada era constantemente tomada pela bruma vermelha dos incêndios. Haviam acabado de chegar das estradas clandestinas rasgadas no entorno da BR 817, a pista que contornava ao longe uma das fronteiras do território de Maya e de Noma. No pátio da serraria, um dos motoristas falava sobre a carga tirada do fundo da mata, de onde o patrão tinha mandado. Disse que precisava resolver direito aquela madeira que chegava agora do território novo onde começavam a trabalhar. O gerente da serraria disse para não se preocuparem, que ele daria um jeito na carga.

"Arruma o certificado tudo direito pra gente poder sair na data certa e não atrasar a entrada no Via Amazônia", disse o motorista.

"Quantos metros cúbicos mais ou menos? Tem que colocar essa informação pros fiscais", disse o gerente.

Não sabiam dizer exatamente quanto chegaria naquela leva. Pensaram num número aproximado, tinha mais de dez caminhões ainda para vir daquela região nos dias seguintes, pois o patrão havia mandado que acelerassem os trabalhos.

"Nem sei direito, põe bastante mesmo", disse o motorista.

"Vou falar com o papeleiro", respondeu o gerente.

Começou a preencher as guias com uma quantidade de metros cúbicos que fosse razoável para constar na declaração de corte. Quantas árvores teriam sido levadas? O que importava era fazer com que o relatório de origem fosse coerente, que não desse problema depois para a emissão da guia de autorização. A documentação apareceria regular, não acusaria nada no sistema.

"No porto eles nem conferem, põe qualquer coisa aí", falou o motorista, entornando o cafezinho morno à disposição no escritório.

"O porto não é problema", comentou o gerente, "os fiscais não querem saber, nem os gringos. Quando chegar lá, não vai mais ser da nossa conta."

O gerente fez constar no sistema o nome de uma das outras fazendas de seu patrão na qual a madeira já tinha sido toda explorada. Assim disfarçaria a procedência verdadeira daquela nova carga, provavelmente uma área que fazia parte do território dos parentes.

"Assim que tiver tudo pronto com os documentos, vocês vêm aqui pegar", disse para o motorista.

O gerente dispensou o colega e fechou a serraria. No dia seguinte, um sábado, ele voltou logo cedo na companhia de um ajudante que havia sido indicado pelo patrão. Era uma pessoa da maior confiança dos dois. O galpão estava vazio. O gerente e seu ajudante escolheram algumas toras quadradas de ipê que já estavam prontas, com a documentação preparada. Foram recortando com cuidado a superfície daquelas madeiras, tirando lâminas de cada uma delas para que depois servissem como tampas. Retiraram aos poucos o miolo e o jogaram em sacos de lixo para não ficarem espalhados pelo chão. Cavaram umas dez toras de cima a baixo, parecia que queriam fazer canoas quadradas. Deixaram aquelas tampas de lado, levaram os sacos de lixo embora, fecharam a serraria quando já passava da hora do almoço e foram para suas casas.

Tarde da noite, voltaram de novo, em silêncio. Nem acenderam os holofotes que iluminavam o pátio. Foram até o escritório e trouxeram de lá muitos pacotes pretos que estavam guardados e os puseram ao lado das toras. Acenderam as lanternas e foram encaixando as coisas nos vãos que tinham cavado na madeira. Depois, colocaram tábuas finas por cima, fecharam e colaram as emendas com perfeição. Ajeitaram tudo para que as toras que levavam as cargas secretas se confundissem no meio das outras.

No outro dia, os caminhões pegaram a estrada reta rasgada no lombo despelado da terra. Foram em comboio na direção de Manaus até chegarem no portão alto de arame farpado do porto observado pelos seguranças. Esperaram o portão se abrir para entrarem pelo pátio do Via Amazônia. Os caminhões estavam autorizados a passar. Seguiram o procedimento acertado. Os braços de ferro dos guindastes puxaram as toras das costas dos caminhões e as acomodaram no porão do navio, empilharam lado a lado os troncos acorrentados no porão ou nos contêineres espalhados pelo pátio. Viajariam rio abaixo até singrarem para o Norte. O navio lotado deixou então o porto, enquanto outro idêntico a ele já estava à espera para acomodar mais carga e logo partir. Os mesmos caminhões voltaram para buscar nas serrarias outras remessas atrasadas. Ficavam nesse vaivém sem fim por dentro da floresta. Uma fila de caminhões aparecia de novo no porto para despejar mais toras. E os outros que estavam para trás, dias pelas estradas enlameadas, recebiam mais madeira recém-chegada das balsas, como se aquela carga jamais se esgotasse.

17.

Na companhia das pessoas subterrâneas, Noma seguia sem entender. O que esperavam que ela fizesse? Continuaram até o fim do roçado, quando se abriu uma clareira de areia batida onde apareciam ao longe as várias casas daquela gente. O homem apontou para um varal em que estavam estendidos couros de queixadas muito bem cortados, com os pelos pontiagudos ainda firmes e preservados.

"Vamos, pegue o seu. Vista-se!", instruiu a mulher que acompanhava a visitante.

Ela não hesitou. Foi até o varal e escolheu um que parecia ter o seu tamanho. Sentiu o visco vivo da parte interna do couro se juntando à sua própria pele. A cabeça vestia perfeitamente, e mesmo os dentes se encaixavam sobre os seus, expandindo sua mandíbula. Agora que tenho as presas fortes, posso roer a macaxeira direto na terra, nem precisa cozinhar, pensou.

"Dance!", disse a mulher, rindo do jeito desengonçado de Noma.

Noma recebeu o pedido com naturalidade, como se já o esperasse, e foi para o centro do terreiro. Fez seu corpo chacoalhar sob os olhares de uma roda de pessoas que a observavam com atenção. Parecia sempre ter feito aqueles movimentos que, na verdade, eram sugeridos pelo próprio couro que a vestia. Percebeu que aquela devia ser a dança dos queixadas, que eles costumam executar em comemoração à chegada de alguma visita. Depois saiu correndo em direção ao roçado, dominada pela fome que apertava seu estômago. Lá estava Noma-Queixada roendo as raízes com voracidade. Logo passou ao lamaçal, agora estendido por todo o espaço do terreiro que, antes, lhe parecia inteiramente seco e coberto de areia. Estava feliz, mas invadida por uma agitação que não a deixava tirar o focinho do solo. Como eram intensos os cheiros que provinham da terra! Em poucos instantes, Noma os guardou na memória da carne, foi ganhando o conhecimento daquele couro que vestia. Jamais esqueceria.

Então disseram que voltasse ao varal e tirasse sua pele. Por um instante, Noma não entendeu. Foi levada com suavidade ao lugar onde estavam pendurados os couros, e apontaram para eles até que Noma os reconhecesse. Ela foi saindo daquele invólucro, deslizando pela roupa viscosa e quente que a envolvia, feito feto que escorrega para fora da barriga.

"Pendure sua roupa de volta no lugar. Vai ficar aí pra quando você precisar. Agora vamos entrar com esse seu corpo de estrangeiro mesmo", instruiu o homem-queixada.

Noma o seguiu, tomada da estranha sensação de não ser mais apenas uma, de não mais corresponder completamente a si mesma. O que sou agora, depois que aquela pele me aceitou?, ela pensava, lembrando que seus músculos rapidamente se acostumaram com a velocidade das quatro patas fincadas na terra. Agora, de volta aos limites de antes, sentiu o cheiro acolhedor de mingau de banana e de milho. Seu estômago pedia por comida cozida. Foi levada para o interior da imensa casa de palha construída à perfeição por aquelas pessoas. Lembrou imediatamente dos relatos de seus pais, que falavam sobre as grandes malocas nas quais viveram seus avós, antes da chegada dos homens donos das máquinas. Então era desse jeito, ela refletia, enquanto seus olhos perseguiam com sagacidade toda a estrutura de madeira, as amarras e as tramas da palha.

Foi assim que aprendeu, já pensando em voltar e fazer em sua casa o que seus parentes lá de cima tinham esquecido.

O homem a fez sentar num banco e lhe ofereceu a primeira refeição. Noma engoliu todo o mingau de banana que estava numa travessa de barro. Quando a esvaziou, viu os desenhos no fundo, os belos padrões marcados por dedos hábeis. Em seguida, passou às espigas fumegantes de milho. Só com uma delas já estava satisfeita. Um velho se aproximou e se curvou na altura da cabeça de Noma, olhando no fundo de sua pupila. Depois sentou na sua frente e falou sobre as rachaduras no céu, sobre a luz alaranjada que agora vacilava, sobre os ruídos estranhos que vinham de cima, como se estivessem golpeando o outro lado do céu com pedras gigantescas ou alguma coisa assim. Aquele velho tinha os cabelos compridos até os ombros, longas penas de arara ajustadas nas narinas, e muitas voltas de contas pretas finíssimas enroladas no pescoço.

"Por que o céu está rachando?", o velho perguntou a Noma. "Você que vem de cima deve saber, tem que ajudar. Não aguentamos mais o choro do milho. As comidas estão sofrendo, a nossa carne também entristeceu. Em pouco tempo não teremos mais força pra vestir as roupas e subir os caminhos que dão na sua terra", explicou.

"Se isso acontecer, como vamos achar carne pras nossas crianças?", reagiu Noma.

O velho coçava as costas com um graveto, olhando com resignação para o chão. Parecia não escutar direito o que Noma dizia. Pouco tempo depois, estenderam uma rede. Seu corpo estava moído pelo cansaço. Deitou-se e logo dormiu.

Os urubus planavam em suas espirais no topo do céu alaranjado daquele mundo. Passavam pelas rachaduras e depois desciam com calma, impulsionados pela ventania que varava os buracos, para então retornarem à terra de cima e descerem novamente. Traziam o código da tristeza em suas penas, a memória das carniças que os nutriam, eles que nunca esquecem. Em seguida, Noma se viu sentada numa carteira daquele barracão, olhando para a frente em direção à lousa. Nalva, a professora, dava ordens severas que saíam de uma boca desdentada, escura e ameaçadora. Valdir, seu marido, se masturbava no outro canto da sala, virado para a quina da parede e de costas para os dois. Aos poucos, Noma compreendeu o que Nalva ordenava. Se não escrevesse rapidamente em seu caderno, e sem erros, o nome de todas as árvores que foram arrancadas do chão, seria tragada para a escuridão que se abria dentro da boca da professora. Ela apontava com o indicador para os próprios lábios, espremendo os olhos com ar de sarcasmo. Noma tentava se lembrar dos nomes daquelas pessoas-árvore e, de fato, se lembrava de muitos, todos nomes de antepassados, mas seus dedos não eram ágeis o suficiente para escrever como a mulher mandava. Ela rabiscava o papel o mais depressa possível, enquanto sentia seu corpo sendo arrastado para dentro da boca e ainda tentava preencher as folhas com aflição. Valdir continuava se masturbando na quina da parede.

 Crianças se aproximaram do corpo de Noma, que se debatia na rede. Mexeram em seus cabelos para que se acalmasse. Abriu os olhos e logo percebeu que ainda estava na grande casa dos queixadas, rodeada pela família que a acolhera e pelo velho adornado com as penas de arara, e não naquele curso, sendo ameaçada pela professora. A mãe das crianças trazia nas mãos adornos parecidos com aqueles, sugerindo que Noma também os colocasse nas orelhas para não mais ser assediada pelas imagens ruins durante o sonho. Aliviada, sentou-se na beira da rede e olhou para o velho com quem tinha conversado. Ele estava novamente sentado no banco de madeira, bem na sua frente, com o olhar aflito, à espera da resposta. Não era necessário que Noma falasse naquele momento.

O velho se aproximou com um longo caniço e assoprou com força. Noma sentiu quando o sopro bateu no topo de seu crânio, trazendo a força dos fungos do milho com que a gente-porco fazia o seu rapé. Quase tombou para trás. Seu corpo agora se desdobrava por todos os lados, transformando-se apenas em som e paz. Nos dias seguintes, ela continuaria a ser cuidada pela família que a alimentava com as comidas melhores daquela terra. Embora entristecido, aquele milho ainda era outro e conseguia reconstituir sua carne, seu sangue e seus ossos. Noma não soube quantos dias viveu ali dançando no terreiro com seu couro de queixada, sendo assoprada pelo velho adornado com as penas de arara. Era ele que ensinava os nomes de tudo o que chega a existir na luz e na sombra. Assim aprendeu o modo de chamar, o jeito de conhecer que havia sido ocultado desde que começaram a rachar a terra.

18.

Como chegou, não se sabe bem. Veio corrido, escondido na caçamba dos caminhões, pagando para não ser mostrado, deitado embaixo de lona, de carregamento de comida. Foi varando pelas estradas, subindo rente às fronteiras. Ponta Porã, Porto Murtinho, Corumbá. E depois pelo rio Paraguai foi subindo, contra o curso da água, de motor, de bubuia, pela terra, do jeito que dava ele veio vindo, até bater nos lados de Corumbiara. E de lá partiu para Ji-Paraná, onde mudou de rosto, para então chegar em Porto Velho quase sem nada, só com aquela tatuagem no braço que ele usava como passe para ser identificado pelos parceiros. Então o recebiam, levavam para um lugar seguro. Arrumava alguma diretriz, a substância branca que o fazia parar em pé, e seguia viagem feito carniceiro que conhece a sombra. Foi dar em Lábrea, na margem do Purus. Vinha com a autorização do pessoal de cima, do que chamavam de "geral". Um dos homens o recebeu no portão dos fundos da serraria. Logo viu a marca em seu braço e o reconheceu, fazendo-o entrar no grande galpão de telhas de alumínio onde guardavam as toras e as máquinas.

    Picanha ficaria naquele lugar durante algum tempo, esperando que as coisas esfriassem. O prazo que os inimigos colocaram em cima dele não tinha limite. Aquela decisão não respeitava município, nem mesmo país, mas agora ele havia chegado e precisava ser protegido em nome da irmandade. Parece que tinha conseguido esconder todas as pegadas. Era bom de confundir os rastros, de falsear as pistas. Olhou-se no espelho quebrado do banheiro, ao lado do quartinho do fundo do barracão onde passaria a viver. Viu o canto das bochechas inchado, a cicatriz ainda avermelhada bem rente aos cabelos, marcando o lugar em que repuxaram sua pele. O olho crispado de raiva, a vontade de arrancar um caco do espelho encardido e rasgar aquele reflexo. Por que não fazia isso? Alguma razão ainda o mantinha de pé, o rosto contra o espelho manchado, uma vontade que se alimentava no estômago e o conduzia entre as noites perturbadas. Fazia planos, queria autonomia, queria se ver livre daquela estrutura.

Lembrou do caco de espelho que, durante anos, deixou preso na parede de seu beliche entre os recortes de revista, entre imagens das casas, piscinas, praias, peitos, bundas, iates, jatos, bíceps, bocetas. Lembrou do seu ideal. Mal via o próprio rosto naquele vidro que era seu mundo. Ao seu redor, os outros homens o vigiavam com suas ameaças e chantagens, amontoados nos colchões e nas redes amarradas até o teto do inferno. Pelo menos havia conseguido uma cama mostrando sua fúria aos presos inferiores. Assim conquistou sua posição e sua marca no braço. Foi naquele tempo que conheceu o pessoal e passou a entender a estrutura. A marca foi feita assim, enquanto lhe ensinavam os mandamentos e prometiam o seu batismo. Passaram a disciplina, explicaram a ética. Perguntaram se já possuía um nome de conduta, e ele disse que sim, que podia ser conhecido por Picanha. Isso era o que eles chamavam de nome, coisa que só conhece a pessoa pelo susto. Assim sobreviveu entre os muros, vendo o tempo escorrer lento como argila caindo pelos dedos. Agora tinha o seu dever, a sua disciplina. Quem sabe dali a algum tempo não conseguiria também uma posição melhor, uma posição geral pela qual seria reconhecido, pela qual seria respeitado, um caminho para cima.

No banheiro da serraria, olhando novamente o corte avermelhado recém-cicatrizado no canto da orelha, ele esperava que o combinado fosse cumprido e que não estivessem preparando alguma armadilha. A sintonia geral tinha confirmado, mas quem era ela exatamente? Só restava ter confiança, foi o que recomendaram quando lhe passaram a rota para o abrigo onde devia ficar até que chegasse a diretriz seguinte. Saiu do banheiro e olhou para o colchonete imundo enrolado na cama de cimento. Se quisesse dormir em lugar melhor, precisaria ser mais paciente do que da última vez em que a confusão havia estourado no pavilhão. Por sorte conseguiu escapar, naquele derradeiro instante, naquela oportunidade que apareceu e que ele aproveitou, não sem antes apagar dois de seus desafetos da ala oposta do presídio. Então tomou a estrada e lá chegou. Agora se olhava no espelho do banheiro fedido.

No dia seguinte, o gerente o chamou logo cedo para explicar o funcionamento do serviço. Foram contornando o maquinário pesado da serraria, as toras e mais toras empilhadas nos fundos do galpão, até chegarem no estacionamento. Era ali que Picanha deveria trabalhar como qualquer um, sem esticar a conversa e as perguntas, cuidando das toras roliças ou quadradas, às vezes colocando-as junto com os colegas na boleia dos caminhões, às vezes ajudando os tratores que manejavam as maiores. Picanha trabalhava com os olhos atentos. Via o homem conversando com os motoristas dos caminhões, antes de partirem com a carga que ele ajudava a carregar. Via a documentação que era passada para eles. Sempre o mesmo procedimento. E percebia também uma movimentação diferente daquela dos trabalhos do dia a dia.

Às sextas-feiras, por volta das onze da noite, quando já estava recolhido em seu quarto e tudo estava calmo, escutava uma picape chegar e o gerente abrir o portão. Pouco depois iam embora os visitantes, escondidos pelos vidros fumês da picape. Picanha via que aqueles homens levavam mochilas pesadas até o escritório. Começou a desconfiar. Deixava seu quarto e saía pelas sombras, encostando-se sorrateiro na parede para ouvir as conversas que aconteciam na sala do outro lado do galpão. Quase toda semana, a mesma coisa. Os visitantes vinham às sextas-feiras, ou então antes dos feriados, e carregavam as mochilas para o escritório. Aos poucos foi entendendo que o que havia nas mochilas eram os pacotes que, com os holofotes apagados, o gerente e seus ajudantes colocavam em silêncio dentro das toras. Depois, durante a semana, os caminhões partiam com as caçambas cheias das madeiras que Picanha e os outros trabalhadores ajudavam a arrumar.

O gerente sabia que ele não era só mais um dos seus contratados. Falou para o patrão que não botava muita confiança no sujeito, que embora ele trouxesse o passe, não se sentia seguro na presença do foragido, daquele que tinha o rosto repuxado. Mas o patrão não queria tocar no assunto. Dizia que a ordem de abrigar o cara havia sido dada e que não dependia dele, que eles com certeza sabiam o que estavam fazendo, eles que eram especialistas. Então foram levando assim aquela presença na serraria, porque não podiam desobedecer ao comando do sistema. Semana após semana o gerente deixava Picanha morando na serraria. E ele só quieto, entendendo. Picanha, o desnascido, o que olhava com as costas.

19.

O velho dos adornos de penas de arara levou Noma para caminhar pelas trilhas que saíam do terreiro de sua maloca. Queria que ela ajudasse a compreender o que acontecia no céu daquele lugar. Olhe para cima, o velho dizia, enquanto Noma acompanhava as rachaduras que se alastravam pela abóbada alaranjada, até desaparecerem na superfície lisa ainda intacta daquele céu sem nuvens, repetitivo. Ali estavam as fendas por onde os urubus passavam, o sinal de que as coisas não iam bem. Algo acontecia para que a estrutura magnífica daquele mundo melhor se tornasse frágil, como se ela não estivesse preparada para o que se passava no outro lado, onde as árvores despencavam.

O velho mostrou para Noma uma capoeira que se abria no final de uma trilha. Quando chegaram ali, ela ergueu os olhos para o alto. Noma nunca tinha visto nada igual. Grandes manchas se sobrepunham umas às outras em estranhas colorações que passavam do marrom ao esverdeado. Viu imensos lagos sujos atravessados por riscos. Aquelas manchas fariam cair sobre a terra melhor e ainda intacta toda uma malha de tubos e dragas que sugavam e raspavam o fundo não tão espesso dos igarapés, o qual agora se abria em escaras. O velho não entendia por que escavavam o avesso do céu. Por isso é que havia atraído Noma para aquelas partes.

Andaram por outra trilha, acima da qual o céu laranja aparecia de novo intacto, liso, sem nenhuma mancha ou rachadura, até chegarem em outra capoeira, onde avistaram o estrago mais uma vez. Lá, as manchas eram ainda maiores, tinham a forma de imensas piscinas barrentas invertidas que terminavam em bordas carcomidas, em barrancos rasgados que começavam a despencar aos poucos sobre a terra de baixo. Urubus adejavam nas correntes de ar quente. O homem pegou um torrão de terra e mostrou a Noma, indicando que aquilo não pertencia àquele lugar, mas sim à superfície de cima.

"Eles procuram os dentes dourados brilhantes escondidos no fundo do rio", explicou Noma.

Mas o velho não entendia o que ela queria dizer com "dentes dourados brilhantes". E seguia angustiado, apontando para aqueles torrões sujos esverdeados que se desfaziam na palma de sua mão.

"É melhor não mexer nisso", disse a pajé.

Noma apontou para a pele do braço do velho que envolvia a musculatura forte construída pelo alimento verdadeiro, uma carne que não se enfraquecia nem com o passar do tempo, e nela fez desenhos com a ponta dos dedos. Tentava mostrar que a doença do céu era parecida com um corpo coberto de feridas. Em seguida, apontou de novo para cima.

"Veja", disse Noma. "O céu também está doente. Pelo que fazem com os corpos dos parentes do outro lado é que o céu está se desmanchando", explicou.

O homem continuava sem entender as palavras trocadas de Noma. Se jamais tinha visto corpos doentes, como poderia saber o que Noma tentava mostrar em sua pele? Mesmo assim, sentiu com seus ossos que deveria preparar ainda mais a visitante para que pudesse ajudá-los. Com aquele corpo da terra de cima não seria possível, nem sequer apenas com o couro de queixada que, um pouco antes, ela vestira. Começou a voltar pela trilha, levando-a para sua casa. Noma seguiu atrás do velho, que andava com passos firmes e rápidos. O veneno que invade a terra agora escorre pelos cantos do céu, Noma pensava, a carne dos parentes derrubados, o que acontecerá com os seus sonhos? Com as suas imagens? Para onde irão depois de terem sido despelados?

Após alguns instantes chegaram no terreiro dos porcos. O velho fez com que Noma se sentasse no meio de um banco colocado no centro da maloca, bem no lugar onde os mortos eram enterrados depois de envoltos em palha de milho. Explicou que estava na hora, que dariam início aos cuidados da maturação pela qual ela precisava passar. Juntou seus parentes em torno de Noma e pediu a eles que trouxessem as palhas cuidadosamente armazenadas no jirau da maloca. Era assim que elas se tornavam transparentes, atravessadas pela luz alaranjada que todo dia penetrava pelas frestas daquela casa. Em seguida, começaram a envolver o corpo inteiro da pajé com as palhas, iniciando pelas mãos e pelos pés, e então cobrindo tudo, inclusive a boca, os olhos e os ouvidos. Noma, protegida pela cobertura-carícia que aderia à sua pele, dormiu. A gente-queixada içou aquele corpo até ele ficar pendurado bem no alto, rente à cumeeira, suspenso no ar, onde se tornou crisálida protegida pela penumbra, aquecida pelos poucos raios de luz que atravessavam o teto da casa.

Depois do período de fermentação, fizeram com que Noma enfim descesse de volta. Puxaram com cuidado as cordas que a sustentavam nas alturas, para que não sofresse nenhum solavanco. Qualquer movimento brusco poderia pôr a perder a delicadeza que havia se criado na escuridão do casulo. As mulheres magnificamente adornadas demoraram quase o dia todo para retirar, com a ponta de suas unhas, cada uma das ataduras. Cantavam as melodias apropriadas enquanto o trabalho era realizado, sem jamais errar nenhum verso da letra que evocava a história de formação da Lua alaranjada daquela terra, desde o seu surgimento no estômago do céu até o momento em que se firmou com o seu atual formato arredondado.

Rubra Lua de sangue
Sua cor cole à carne
E a renove
Rubra Lua de milho
Leve sua força aos ossos
E firme-os
Feito esteio da casa celeste
Que te encobre
Rubra Lua homem
Seu vigor empreste às pernas
Deste novo corpo
Que à sua imagem se forma
Rubra Lua mulher
Seu saber transporte às partes
Deste novo corpo
Que em seu nome se renova

Não era sempre que faziam assim, que depositavam palavras sobre uma pessoa renascida como a que agora se mostrava para todos. Na verdade, não se lembravam da última vez em que se apresentara alguém digno de receber aqueles cuidados. O velho tinha reconhecido a natureza dupla de Noma assim que ela chegou em sua casa. Daí em diante, orientou que a pendurassem nas alturas da maloca para que ela pudesse ressurgir renascida, para que seu brilho se revelasse por inteiro. O processo era cuidadosamente inspecionado por ele, que confiava na sabedoria das mulheres em aprimorar os corpos das pessoas encontradoras. Ninguém melhor do que elas para tal façanha — as mulheres-queixada, parteiras dos subterrâneos, modeladoras das maravilhas. Assim que tiraram a última atadura, Noma começou a abrir os olhos, primeiro tentando enxergar apenas através dos cílios para que a luz não a ofuscasse. Seu corpo ainda não se sustentava sozinho. Foi necessário que as mulheres a segurassem pelas costas até ela se sentar. Quando afastaram suas coxas, viram que a maturação havia se dado da melhor maneira possível.

Noma agora exibia com esplendor o que já era, mais que homem ou mulher, capaz de dobrar os limites e somar os contrários, cruzadora de fronteiras, tradutora de terras, intérprete do tempo revelado pelo conhecimento que apenas seu sexo duplo trazia. Era a própria imagem da Lua que descia ao seu corpo e o moldava à sua imagem, exatamente como o velho tinha pensado. E era disso que precisava a gente do mundo subterrâneo, assustada com as estranhas rachaduras que, cada vez mais, trincavam o céu.

Depois de constatarem que o processo estava completo, rapidamente cobriram Noma com seu couro de queixada, esperando que ele aderisse àquela pele jovem que acabara de se desprender das ataduras de palha. O couro trouxe o tônus que Noma tinha perdido durante o tempo em que estivera suspensa na cumeeira da maloca. Ela testou os limites de sua nova carne primeiro sob a cobertura de porco e, a seguir, por conta própria. Já fortalecida, se levantou e abriu os olhos. Então colocaram os seus adornos de penas de arara, pintaram sua pele com finas linhas cobreadas, enfiaram também as setas-dor nas suas têmporas para que pudesse se defender.

A gente-queixada soltava gritos de contentamento ao contemplar a beleza magnífica daquela pessoa adornada, fulgurante, que se apresentava bem no meio da enorme maloca dos porcos. Lá estava o duplo da Lua, emanando a mesma luz amarelada que a destacava no céu. Noma havia adquirido o corpo com o qual poderia circular pela terra de baixo e, com o tempo, também por outras. Na terra de cima, porém, no chão dos tratores e caminhões, naquele lugar ela deveria se proteger se escondendo com sua pele mortal e suas roupas encardidas.

20.

Glauber se preparava para mais uma viagem rio acima depois de seu primeiro encontro com Noma. Combinou com dois amigos do pai que já haviam trabalhado do outro lado da fronteira, tendo ficado por anos metidos no mato até enriquecerem e perderem tudo. Coordenavam o pessoal que trabalhava nas dragas e nas esteiras, jateando os barrancos dos igarapés. Agora, queriam tentar a sorte de novo naquelas partes. Glauber e seu pai receberam notícias de que para cima das aldeias tinham começado a abrir clareiras, até pouso para helicóptero fizeram. Mas nada havia passado perto da Cidade do Jambeiro. Precisavam verificar. O pai de Glauber, eleito prefeito recentemente, queria checar os limites do município que se estendiam para as terras demarcadas, queria ver o que poderia arrancar dali. Então foram quatro na voadeira, o filho do prefeito, o motorista e os dois companheiros do pai. Iam todos quietos com seus revólveres. Falavam em reencontrar a gema da terra, o presente que Deus escondeu embaixo da mata para aqueles que têm o merecimento do trabalho duro.

Em alguns dias aportaram na praia da aldeia onde vivia Noma. Glauber disse para encostarem a voadeira ali, deu a desculpa de que ia conversar com o pessoal para descobrir se sabiam alguma coisa sobre as clareiras abertas no alto das cabeceiras. Enquanto seus companheiros esperavam no barco, ele subiu o barranco para ver se achava a moça. Logo deu de cara com o mesmo velho da mão pintada de jenipapo.

"Como é, parente?", puxou conversa. "Tamos subindo rio acima pra ver o que tá acontecendo lá onde estão chegando os helicópteros, o pessoal que veio de fora..."

"Não sei nada, não", respondeu o velho.

"Então dá licença, vou ver se alguém sabe."

Glauber olhava por cima dos ombros do homem procurando por Noma. Queria reavivar a memória da noite em que ela havia escapado de sua mão. Ignorou o velho e seguiu na direção de um grupo de mulheres sentadas perto da porta da maloca grande. Ao se aproximar, percebeu que elas rodeavam uma pessoa sentada num banco. Pareciam prepará-la para uma cerimônia. Algumas besuntavam aquele corpo com um óleo brilhante avermelhado, enquanto outras desenhavam as coxas. Quando a pessoa se virou, ele viu uma figura radiante. Logo reconheceu seu rosto. Era a garota de cabelos curtos que ele tinha encontrado oculta em sua rede no canto da casa de tábuas de paxiúba. Agora, porém, ela estava mais madura e ainda mais bela. Uma saia de algodão, que ressaltava a musculatura firme e delicada, cobria seu sexo.

Noma rapidamente se lembrou do estrangeiro, aquele que pela primeira vez a tinha tocado, o que roubou o estremecimento de suas pernas, que trocou seu desejo pelo estranho sentimento de repulsa. Agora, ele ousava andar de novo pelo terreiro da sua casa. Noma o encarou com um olhar fulminante. Glauber ficou estático. Foi imediatamente atravessado pelos abismos, pela luz que emanava daquele corpo, por um desejo que jamais pensou existir. Noma continuava encarando o invasor na firmeza de sua raiva. Do interior de suas pupilas, ela lançava as setas-dor que fizeram Glauber desviar o olhar para o chão. Eram as setas que ela havia aprendido a guardar nas têmporas para que fossem projetadas como balas. Eram as imagens de veneno que ela cultivava no canto de morte de seu pensamento. Os ouvidos de Glauber zumbiam frenéticos. Ele foi tomado pelo tormento, saiu andando desnorteado pelo terreiro como se tivesse a cabeça invadida por um vespeiro, caiu de joelhos e assim ficou, quase sem respirar.

"Vai embora!", ela mandou. "Não tem nada aqui pra você! Nem pense em chegar mais perto!"

Com a cabeça prestes a explodir de dor, ele foi obrigado a retornar. Desceu perplexo pelo barranco, mandou que empurrassem a voadeira de volta para o rio, e seguiram viagem. O dia inteiro ouviu os homens mangarem da sua coragem enquanto ele falava do feitiço da pajé, da enxaqueca que o jogou no chão, de tudo o que tinha visto e também do que sua mãe havia contado sobre o pessoal rio acima, sobre essa gente que não teme a Deus, que não vale o esforço do trabalho. Assim ele praguejava, e os homens se divertiam.

No fim de tarde do segundo dia de viagem, chegaram na boca de um igarapé. Estranharam a passagem atravessada por uma canoa, como se tivessem fechado o caminho. Assim que tentaram empurrar a canoa com o bico da voadeira, um grupo de homens saiu de trás das árvores. Estavam quase em cima deles. Eram vários, com armas em punho.

"Levanta a mão, porra! Levanta logo!", ordenaram.

"Só o motorista fica com a mão no motor e vai dando a volta pra trás! Vai embora!", seguiram mandando.

Glauber acenou aos companheiros. Aqueles homens estavam armados com fuzis. Não com escopetas nem pistolas. O sinal era claro. Se não obedecessem, acabariam afundados e sumiriam na barriga das sucuris. Rapidamente entenderam que, dali para cima, o território já estava dominado. Tinham chegado primeiro. Aquele pessoal estava lá havia tempos, a mando de alguém que desconheciam, rasgando as terras escondidas para cima do igarapé. Parecia até que já sabiam da vinda da voadeira bisbilhoteira e, por isso, espreitavam escondidos nas árvores. Não tiveram escolha senão descer de volta pelo rio. Os companheiros do pai de Glauber reclamavam que tinham sido enganados mas não eram idiotas, que queriam receber pelo prejuízo da viagem fracassada. O filho do prefeito seguia quieto, sem entender o que lhe escapava, sem apagar do peito a presença de Noma, a imagem avermelhada daquele corpo que o cativava, a vontade que não sumia. Glauber tentava pôr os pensamentos no lugar. Assim que chegasse na cidade, conversaria com o pai, precisavam tocar o outro esquema, a outra forma de melhorar a situação. O pai havia falado disso na última vez em que voltara de Manaus. Disse que tinha conhecido um pessoal novo e que ia precisar da ajuda do filho. Contou sobre alguma coisa no Via Amazônia que eles estavam organizando, um jeito melhor de fazer render as toras da serraria que embarcavam naquele porto. Estava pensando em investir mais nessa alternativa.

21.

Maya está cercada pelos queixadas, que seguem roçando seus pelos eriçados nas pernas da mulher. São delicados, cuidam da visitante. Maya percebe traços de gente num dos porcos. Vê o que parece ser penas de arara enfiadas como brincos em suas orelhas. Quando olha novamente para os outros, nota que também eles têm rostos de humanos de verdade e corpos adornados que, agora, caminham sobre duas pernas. As pessoas-queixada fazem um círculo ao redor da mulher, que as contempla através de seus cabelos escuros e despenteados. Olham para ela com ternura. Um dos homens, aquele que tem mais voltas de colares no pescoço, pergunta:

"O que faz aqui, pequena irmã?"

Maya hesita. Não sabe onde achar a própria voz. Está tomada pela tristeza, falta a si mesma. Não sabe para onde foi o seu centro de vitalidade, o núcleo da sua vontade.

"Procuro meu filho", ela diz, o rosto sombreado pelo cabelo.

"Por que ele estaria aqui?", perguntam os homens.

Maya não responde, continua parada no meio do caminho. Aquele homem com mais contas no pescoço se aproxima ainda mais da mulher e a toma pelos braços.

"Vamos, nossa casa não é longe. Você está cansada."

Maya se desvencilha dos braços do homem e aponta o caminho por onde quer continuar. Vai andando lentamente, quase arrastando as pernas. Os homens-queixada a acompanham, cautelosos. Não poderiam deixar uma habitante da terra de cima caminhar sozinha por aquelas partes. Maya-desgrenhada segue pela trilha tomada pela luz ocre. Quando olha para o céu, ela vê rachaduras grandes o bastante para revelar a escuridão. Percebe que urubus passam por ali e vêm voar no céu de baixo. Contempla o voo espiralado das aves pelas correntes quentes de vapor. Depois percebe que elas retornam pelas fendas e desaparecem na terra de cima, até recomeçarem sua dança celeste. Está exausta, seu corpo quase se desmonta na beira do caminho, mas ela persiste.

Deitada na rede, a outra-mesma Maya está agora com os olhos fechados, o corpo quieto, pesado, a respiração cada vez mais frágil. Zé Gavião e Manuel olham preocupados para a parente, estão apreensivos com a sua fraqueza. Não sabem quando Noma chegará para ajudar. Talvez a gasolina não tenha sido suficiente para toda a viagem, especulam. Talvez esteja descendo de bubuia, ou então parou em alguma outra casa de pessoa doente. Os dois receiam os riscos da viagem, sabem que mesmo Noma passou a ser marcada pelos homens das motosserras que conhecem a sua fama, que temem as doenças que ela lança contra quem a ameaça, as setas de veneno que projeta do fundo de suas pupilas.

"A menina precisa tomar cuidado", diz Manuel, sentado na varanda.

"Ninguém pega ela não", responde Zé Gavião.

"Tu é doido que não pega? Nem sei se ela chega dessa vez, o pessoal tá atentado demais. Ninguém nem quer mais saber de nada", replica o vizinho.

"É não, Manuel, eles têm medo de sopro de pajé, tu vai ver só se ela não chega", insiste o tio.

Enquanto isso, os homens-queixada conduzem Maya pelo caminho da terra de baixo. Maya, a teimosa, não quer que a levem para a casa deles. Tentam puxá-la de volta pelo braço, mas ela se solta, arredia. Olha feio para os homens. Sente a saudade subir outra vez em seu peito. Não quer que controlem o seu caminho, mesmo que ela não saiba bem por onde anda, e então segue em frente. Enfim chega na beira do rio. Bem ali Maya para e fica olhando para as águas revoltas que descem lamacentas, arrastando troncos de árvores. Aquele corpo de água intransponível, irado, impede que a mulher avance. Os homens-queixada a rodeiam novamente, liderados pelo que tem mais voltas no pescoço e que torna a se aproximar. Maya ensaia descer pelo barranco carcomido pela enxurrada, mas, desta vez, o homem a segura com mais força e se faz escutar em meio ao barulho das águas.

"Pare! Sou morador da terra e do céu alaranjado! Foi com a nossa carne que você o alimentou!"

Ouvindo tais palavras, Maya olha pela primeira vez para o rosto do homem. Reconhece em sua voz algo que acalma sua angústia e, então, recua.

"Você pode ver por conta própria", insiste o homem, esticando seus braços para que Maya os examine. A mulher toma aqueles braços em suas mãos, aperta a carne, alisa a pele, em silêncio. Ele continua:

"Da água desse rio você não pode beber. Pra outra margem você não deve cruzar. Fique longe! Volte, pegue o caminho pra cima!"

Mas Maya ignora as palavras do homem-queixada e larga seus braços, silenciosa, inexpressiva. Vira de novo para o rio e contempla as águas furiosas. Fica parada no mesmo lugar, atônita, os pés fincados no chão, as mãos encostadas nas pernas cobertas pelo vestido encardido de chita. O que aconteceu nas cabeceiras, ela se pergunta, para que o corpo da floresta desça com tanta força? Por que o rio despenca vomitado? Assim ela pensa ao lado da gente-porco que a escuta por dentro, embora ela não saiba.

"É o rio que desce da raiz do céu", explicam, intrometendo-se no pensamento da mulher. E prosseguem: "Nunca vimos a água correr com tanta força. Você que veio de cima pode explicar".

"Eu que vim de cima?", pergunta Maya, sem tirar os olhos das águas.

"Você não sabe de onde vem?"

Maya segue imóvel, o vestido e os cabelos esvoaçando, os olhos insistentes procurando por algo na outra margem.

"Não sabe por que as árvores descem arrastadas? E por que o nosso céu está rachando, também você não sabe?", insistem os porcos.

A imagem de Maya não responde, não tem esse questionamento dentro de si e tampouco é essa a atenção que a dirige, ela que vê do outro lado do rio pessoas andando de um lado para outro. Estica-se para enxergar melhor, agita-se, pensa ter escutado uma voz parecida com a de seu filho e dos sobrinhos desaparecidos, está certa de que aquela é a voz do garoto pelo pouco que consegue escutar através do ruído frenético do rio.

Na varanda da casa do tio, os dois homens sentados em seus bancos veem a mulher se agitar na rede. Maya se debate, espuma pela boca, abre os olhos revirados. Os velhos a seguram para que não caia, olham um para o outro, perguntam qual caminho seguir para que ela pare de estrebuchar. O vizinho passa um ramo de folhagem pelo corpo da mulher e assopra palavras pensando em esfriá-lo. Maya de repente senta na rede e olha para um ponto no nada, como se tivesse recuperado a força. Os velhos a escutam murmurar palavras estranhas, aproximam as orelhas da sua boca para tentar entendê-las.

"A enxurrada, tenho que atravessar a enxurrada, os meninos, vou falar com os meninos, ali estão as vozes... a enxurrada, atravessar a enxurrada...", ela sussurra, sentada com as costas firmes na beira da rede.

Em seguida, com o corpo oco, cai no tecido, fecha os olhos e se esvai. Manuel e Zé Gavião insistem com o ramo de folhas, depois de terem esgotado os cantos com os quais acreditavam poder trazê-la de volta.

A outra Maya, que já está quase se jogando nas águas para atravessar, é contida pelos homens-porco. Escutou a voz na margem oposta, diz que vai encontrar o filho, que vai trazê-lo de volta, mas os porcos a rodeiam, pegam seus braços, insistem com as palavras antigas que ela teima em ignorar.

"Essa água não atravesse, esse rio não cruze", eles alertam. "Da sua água não beba, volte, vamos, retome o seu caminho!"

Maya não aceita as palavras. Tenta, mas não consegue se desvencilhar dos braços fortes que a seguram. Chama o rapaz da outra margem pelo nome, mas ele não responde, chama novamente, mas seus gritos se perdem enquanto ela se debate nos braços dos homens-porco.

"Naquela margem estão os outros, pra lá vão os que já passaram e que não voltarão, os que não se reconhecem, que não aprenderam o conhecimento das coisas, que não sabem a sua formação", é o que diz o homem-queixada.

"Na outra margem eles ficam com seus corpos cheios de vermes, aqueles que cortaram os laços, aqueles que não possuem mais memória, mas você não. Você que veio de cima tem que voltar!", ele insiste.

Maya ignora os porcos. Eles sabem que não podem forçar a imagem de alguém que caminha na rota de uma dor não compreendida. Permanecem ao seu lado, cercam a mulher desesperada.

Na varanda da casa, o tio de Maya sabe o que a movimenta, sabe que a falta de um filho desaparecido jamais silencia, sabe qual a força que a separou de si mesma, que a fez ausente, caminhante vazia, andarilha desdobrada. Lamenta-se do peso de sua idade, das poucas palavras cantadas e inexatas que conhece, enquanto espera pela encontradora.

22.

Durante o tempo em que se escondia pelas paradas de estrada e pequenas cidades de beira de rio, Picanha foi se tornando outro. A mudança que fizeram em seu rosto não foi a única que o marcou. Movia-se à noite para não ser reconhecido pelos inimigos do sistema. Poderiam estar nos lugares mais remotos. Ele sabia que era assim, que isso estava decretado pelos rivais. O passe marcado em sua pele poderia ser sinal de aliança para uns e de inimizade para outros. Bastava que arrancassem sua camiseta para descobrir. Andava sorrateiro pelos acostamentos, escondia-se embaixo dos caminhões em busca de transporte, roubava canoas na beira do rio, atravessava trilhas de mata acompanhado pelas sombras que, aos poucos, o transformavam por dentro. Nas várias noites em que dormiu em algum canto de mata, protegido apenas por uma fogueira e pela pistola que trazia na cintura, foi visitado por presenças das quais pouco sabia. Não estava mais na cidade, nem mesmo nas sombras do pavilhão que silenciam todos os sonhos.

Naquele exterior, seu corpo se tornava uma passagem porosa para os olhares que o espreitavam nos veios das folhas e dos arbustos. Quando fechava os olhos e a mente vacilava, as vozes vinham reclamar a posse daquele que havia partido para longe da floresta, depois de ter ganhado seu nome de desespero. Pessoas de contorno indefinido e olhos avermelhados se destacavam do fundo da noite com suas falas iradas, diziam ser donas do sangue que corria em suas veias, diziam-se injustiçadas e esfomeadas, reivindicavam seus direitos. Picanha acordava ofegante no meio da madrugada. Dormia apenas por alguns instantes e logo despertava sobressaltado com as vozes e rostos que atormentavam seu sono. Começou a ver ao seu lado um cachorro sarnento de olhos opacos avermelhados. O animal parecia desafiá-lo com sua presença, antes de desaparecer no meio do mato.

Depois, em seu quarto na serraria, Picanha continuaria a sonhar, mas agora com um vazio, escuro e agoniante, em cujo fundo às vezes ele conseguia perceber a silhueta do mesmo cachorro que o acompanhava durante a fuga. Não foram poucas as ocasiões em que, indo ao banheiro no meio da madrugada, pensou ter visto o bicho na sua frente. O animal saía devagar do quarto, parando como se esperasse por seu dono, e então sumia no fundo do terreno que dava para a beira do rio.

Os dias passavam lentamente naquele trabalho de manejar e carregar as toras para os caminhões. Foram muitas as noites em que Picanha, sem ser notado, vigiou pela janelinha encardida do banheiro o que faziam com aqueles pacotes cuidadosamente encaixados nas toras. Lá ele estava, aquele com quem não conversavam, aquele que tinha o rosto marcado, para quem os outros funcionários olhavam com receio. Entendia aos poucos o procedimento que se repetia a cada semana.

Em seu quarto, Picanha destilava o ódio na escuridão, fazia projetos grandiosos, miragens de mares esverdeados, lanchas e orgias sem fim. Marcava o tempo que a cola demorava para endurecer depois que o oco das toras recebia os pacotes. Se as abrisse com cuidado usando uma faca e substituísse aquele recheio por algo de peso parecido, ele poderia tirar as coisas nas madrugadas mais quietas, quando o gerente e seus ajudantes não o notariam, chapados que estavam pela cachaça. Assim planejou e, no tempo certo, foi o que fez, com a leveza de quem havia aprendido a deslizar nas sombras ao longo da vida. Escondeu os pacotes no forro do telhado de seu quarto, tantos quantos pudesse levar depois. Elaborou planos para escapar na noite alta, pelas brechas do muro que dava para a beira do rio. Pegou mochilas velhas que os trabalhadores tinham jogado fora e as encheu com a carga. Em seguida, levou tudo para uma canoa abandonada e fugiu, descendo de bubuia pela correnteza.

Dormiu escondido na beira, arrastando a canoa mato adentro para não ser visto por ninguém. As vozes voltaram a visitá-lo durante os sonhos sobressaltados. Eram as vozes das plantas que reclamavam a posse de seu corpo, que exigiam os seus ossos. Passou a ser acompanhado pelo cachorro sarnento, que saía para caçar e voltava com as presas ensanguentadas que Picanha devorava ainda cruas e quentes, com dentes que não eram os seus, com uma boca outra que fazia dele uma coisa mudada. Depois acordou e seguiu sozinho descendo o rio sempre durante a noite, com a carga disfarçada por folhagens, enquanto o cachorro aparecia dos confins do escuro para, aos poucos, se fundir com a própria pele de Picanha. Queria chegar o mais próximo possível da fronteira, passar a coisa para o lado de lá e vendê-la. Por aqui, ele sabia que os pacotes seriam identificados e que acabariam por encontrá-lo.

Numa manhã, parou novamente na beira para dormir. Escondido entre as árvores, tirou toda a roupa, banhou-se com folhas que, sem mais saber de si, ele ia pegando no mato. Depois comeu-as, vomitou e quase pôs as tripas para fora, então cobriu o corpo inteiro com lama. Assim aprendeu, instruído pelas vozes que se manifestavam através das plantas. Revestido de terra e de galhos, ficava acocorado ao pé das figueiras, vendo corpos multiformes que dançavam diante dele, cabeças que rolavam pelo chão pedindo comida, mãos cortadas andando por todos os cantos com seus dedos ágeis, um paredão de olhos esverdeados que se revelava no fundo escuro das árvores. Sentiu o vento-pavor que varava a espinha e o deixava em pé. Então saiu pela mata. Somado ao cachorro, ele pensou ter caminhado pelos confins, vazio de si, vendo além dos próprios olhos.

Quando a noite chegou, enfim acordou assustado da viração, abraçando as pernas feito criança, encolhido na terra, o corpo todo arranhado, os cabelos tomados por pedaços de barro endurecido. Tremia de frio e de angústia. Lavou-se na beira e se vestiu para continuar a viagem. Seguiu acossado, incompreendido debaixo da lua, até retomar na mente os planos dos iates e mares esverdeados. Foi então que começou a notar os barrancos já quase sem árvores, as brasas dos restos de tocos que soltavam o seu calor ao longe. Atento, percebeu que se aproximava de uma cidade. Encontrou um igarapé escondido por galhos emaranhados e resolveu remar por ali. Disfarçou bem a canoa, enterrou as mochilas e os pacotes, e saiu varando pela mata até chegar às primeiras ruas.

23.

Os caminhões que deixaram a serraria vão ganhando a estrada, carregados com as toras misturadas àquelas alteradas pela trapaça do desnascido. Enfrentaram os buracos daquela estrada reta e quase sem asfalto, cheia de crateras, que rasga a floresta pela metade. Viajaram no começo da noite para chegarem de madrugada nos portões do Via Amazônia, onde as toras seriam levadas para os navios que fazem a longa viagem para o Norte. As toras e tábuas aguardaram um dia inteiro pelo guindaste que as carregaria para os porões e contêineres. Já era noite escura quando os homens do sistema passaram por uma brecha nas grades do porto, acenando para um dos seguranças, que fingia não os ver. Eram os verificadores da mercadoria secreta, os que deveriam ver se a coisa tinha sido transportada até lá conforme o acordo para que, então, a madeira seguisse seu caminho pelo mar. Tudo deveria estar certo nessa etapa, antes que o produto passasse para os outros aliados, que o receberiam além das fronteiras.

Abriram com cuidado algumas das toras já marcadas, examinaram o recheio e colaram de novo a cobertura. Ao passar para outro conjunto, um dos homens descobriu o engano tramado por alguém. Encontrou as madeiras repletas de serragem e de terra, sem as mercadorias que certamente haviam sido roubadas. Logo os outros se alvoroçaram, ao perceber a quantidade de pacotes que foram retirados dos esconderijos. Prometeram revirar as tripas do responsável, arrancar as orelhas e os olhos do enganador. Demoraram-se na briga e nas acusações, atrasaram o andamento dos trabalhos, o que os deixava em perigo ali escondidos. Acabaram fechando as madeiras do jeito que estavam. Então entraram num carro e partiram rapidamente em direção ao escritório de Manaus.

Na manhã seguinte, o navio zarpou para o Norte. Uma parada de manutenção estava programada para o Grande Porto Marítimo da Guiana Francesa, poucos dias distante do Via Amazônia. Embora não tivessem sido avisados por Manaus, os sócios da região infiltrados no pessoal da manutenção esperavam para retirar o que fora combinado. Como previsto, o compartimento do porão foi aberto para acionar as mãos de ferro que levantam as toras, mas apenas as previamente marcadas no Via Amazônia pelo pessoal do sistema, sob o pretexto de excesso de peso e de risco para o resto da viagem. O guindaste levou as madeiras escolhidas para a caçamba de um caminhão autorizado a sair pela entrada principal do porto rumo ao depósito. A carga foi transportada para um galpão construído próximo a um pequeno píer clandestino, onde estavam atracadas outras embarcações. Ali as toras foram examinadas novamente. Ali acabaram encontrando mais uma vez o recheio falso colocado por Picanha. Começaram a cobrar o contato de Manaus que não os tinha avisado, e Manaus pressionou até que achassem alguém, espalhando um rastro de medo.

Livre dos pacotes, o navio seguiu viagem com a carga de madeira para longe da Guiana. Semanas depois, atracará em Baltimore, no grande porto onde as madeiras serão depositadas em montanhas noutro porão, congelado pelo ar daquela terra distante. Então, como nas outras vezes, surgirão os guindastes para retirar a carga, abocanhando com suas garras as toras que serão jogadas em diversos caminhões. Os homens dali arquivarão os documentos provenientes do Via Amazônia. Estarão satisfeitos com os carimbos e certificados que, para eles, bastam para a mercadoria seguir adiante. As toras serão levadas pela estrada até Bridgeton, em Nova Jersey, e outros destinos nos quais operam os revendedores locais. Numa madrugada, os guindastes mais uma vez as agarrarão para depositá-las em outro caminhão. Passarão por outra casa de máquinas na qual serão cortadas em pedaços ainda menores.

Logo as antigas árvores chegarão no centro da grande cidade-ilha, no lugar outrora chamado de Manaháhtaan ou Bosque dos Arcos, onde os antepassados daquela terra cultivavam roças e derrubavam árvores para fazer seus arcos de caça. Içadas por cordas, as tábuas subirão pelas torres de vidro. Serão por fim encaixadas entre ferro e concreto, cada uma presa com pregos e depois coberta por verniz, para então adormecerem entre as paredes de vidro que refletem a luz cinzenta gelada do inverno. Não haverá mais memória naquelas madeiras sobre as quais Maya um dia pensou, embora suas linhas de crescimento continuem visíveis. Seus olhos seguirão desenhados nos pisos e paredes transformados em padrões de arquitetura.

24.

Num fim de tarde, Noma chega na Cidade do Jambeiro, após dias descendo o rio. Sobe fulgurante o barranco, pisando com cuidado no tapete lilás das flores que despencam da árvore. Noma vem vestida de azul, usa sua roupa especial de cidade que trocou na canoa, depois de se lavar do suor e da sujeira da viagem. Aparece irradiando sua beleza singular enquanto os parentes que a trouxeram seguem para seus destinos. Na beira da praça ela procura um mototáxi para levá-la à casa de Zé Gavião. Do outro lado está Glauber comendo churrasquinho, fartando-se de cerveja que escorre pela sua camisa manchada. Ele conversa com o casal de professores, Nalva e Valdir. Falam sobre contrato, sobre realização de cursos para os indígenas.

"Não importa se o curso vai ou não acontecer neste ano", Glauber explica. "Só precisa uma justificativa pros relatórios, pro dinheiro dos contratos."

Os professores veem Noma aparecer perto da árvore.

"Olha lá quem vem chegando", diz o homem.

"Esse aí já era boiola desde cedo", diz a mulher.

"Quem é?", diz Glauber, virando-se para o lugar indicado pelos amigos.

O filho do prefeito logo reconhece Noma. É invadido por palpitações, não consegue parar de secá-la de cima a baixo, de relembrar as vezes em que a encontrou.

"Que sem-vergonha", comenta Glauber. "Precisa dar um jeito logo nesse pessoal, senão como as coisas vão ficar?"

"Esse aí não tem mais jeito, não", responde Valdir.

"Eu tava dizendo que o importante é vocês receberem a verba, fazer alguma coisa pros índios, assinar documento, mandar descerem pra completar uma etapa qualquer da formação", diz Glauber, mexendo as pernas ansiosas.

"Depois a gente dá diploma de conclusão, eles gostam de ver aquele papel brilhante carimbado, gostam de mostrar pra família, são orgulhosos, coitados", diz Nalva.

Glauber não consegue desviar os olhos de Noma. Como é lindo esse índio veado, ele pensa, e essa pele brilhante, puta merda, nem posso querer isso.

"Melhor se não concluir mesmo o ciclo e tiver que gastar mais gasolina, mais verba de merenda, material que nem vai ser usado, tudo isso a gente arranja na Secretaria de Educação, passa nota mais alta, dá um jeito", diz Glauber.

Seguem falando do dinheiro das horas extras, do combustível, enquanto estalam mais uma lata de cerveja. Glauber está todo duro dentro da calça, está revoltado e febril, fica repetindo consigo mesmo, sou homem de verdade, vai embora daqui, merda de índio gostoso. Noma procura o mototáxi, o rosto maquiado mais belo do que qualquer outro que o filho do prefeito já viu.

"E agora essa bicha aqui de novo", diz Valdir, olhando para o outro lado da praça.

"Vocês precisam dar um jeito nesse pessoal, olha lá", diz Nalva, apontando para o forró onde os parentes esperam sua vez para dançar, alguns mais animados já pegando umas brasileiras sob o olhar desconfiado dos garotos da cidade.

"Tem que resolver isso daí", insiste Glauber, "senão eles vão acabar se firmando nessa maluquice. Olha aquele lá", diz, apontando para Noma. "Se é pica que ele quer, eu meto logo o cano da escopeta naquela bunda pra ver se aprende a ser gente", emenda, satisfeito.

"Tu é doido, que a bicha é pajé, melhor nem mexer", diz Nalva, olhando para Glauber, que franze a testa com raiva, lembrando do dia em que Noma o derrubou com seu feitiço.

"Pajé coisa nenhuma, mentira de bugrada pra cima de mim, Nalva? Tanta terra pra esse pessoal e você me vem falar de pajé. Tá na hora de deixar essa vida de animal e sair de lá, abrir tudo aquilo pra trabalhador, porque por aqui cadê ipê, cadê mogno? E a maçaranduba cada vez mais longe? Nem tem mais muito, só mesmo pra dentro da terra deles", retruca Glauber, a camisa babada cobrindo o peito cada vez mais confuso, sem conseguir tirar os olhos de Noma, que caminha do outro lado da praça.

"A terra é tudo de Deus, é tudo coisa nossa", diz Valdir. "É bom que o senhor facilita pra gente as notas da secretaria, porque senão eu já tava de volta dirigindo caminhão, levando as toras pra serraria, nem precisava dessa enrolação de educação dos indígenas, a puta que pariu. Se não fosse o senhor, eu nem tinha saído da beira do rio, depois que fecharam as terras pros índios e a gente ficou por aqui sem nada, sem coisa de assistência nenhuma, de governo nem nada. Só fez mesmo foi Deus e o senhor pra ajudar", diz Valdir.

"Foi mesmo, e eles bem perto da nossa casa, lembra, Valdir? Volta e meia batia lá no nosso roçado, roubava banana, e depois ia embora, aqueles mais primitivos que moravam pra dentro do mato, que nem falavam direito. E eu só com medo. Graças a Deus que não aconteceu nada com a gente, porque eles podiam ter pegado, né? Às vezes até parece que queriam visitar, puxar conversa, mas é igual bicho, né? Não dá pra saber. Índio é vingativo, sabe como é. Aí deixamos a nossa terra, tivemos que sair, fazer o quê? Porque a terra era boa. Tinha peixe que não acabava mais. E agora é tudo deles. Pode uma coisa dessa?", segue Nalva.

"Se viesse pra cima de nós, eu bem que matava igual queixada. Acertava bem aqui. Deus que me perdoe", completa Valdir, exaltado.

"Tem que mudar isso daí. Tem que acabar com essa proteção, negócio de direito das terras deles, tudo isso. Deus por cima e embaixo dele só a gente mesmo. Cada um faz o que quer da sua vida, fala verdade", responde Glauber, agitado.

"A lei é essa agora. É tudo nosso mesmo, é tudo de quem botar a mão primeiro. Não é deles, não!", diz Nalva.

"Essa lei tá na boca do povo", diz Valdir.

"Aqueles índios vagabundos da fronteira, ali é até pior... ficam o dia inteiro jogando bola e depois falam que não tem trabalho, que procuram e não acham oportunidade, ah, tenha a santa paciência com esse povo", diz Nalva.

"Precisa botar pra correr o ambientalista, pesquisador, tudo gente que mama nas tetas do governo, tudo mimado que vem aqui encher o saco de gente trabalhadora como nós", segue Glauber, explicando que o tempo agora estava melhor, que tinham recebido ordem da capital para mudar os funcionamentos, o chefe do cartório, até mesmo o juiz era outro agora, conhecido do seu pai.

"Vai melhorar pra resolver os papéis, os títulos de terra", conclui.

Os três terminam suas últimas latinhas de cerveja e as jogam no chão, enquanto Noma sobe na garupa de um mototáxi e vai à procura da casa em que Maya está deitada na rede. A moto segue pelo ramal esfumaçado, quase não se enxerga o caminho adiante, tomado pela fuligem que envolve o corpo da pajé.

25.

Noma é recebida por Zé Gavião na varanda da casa. O tio de Maya diz para a pajé se sentar num banco. Depois oferecem para ela uma cuia de açaí com farinha e pacu moqueado. O velho senta-se em outro banco em frente a Noma, acompanhado por Manuel. Maya segue deitada na rede, desacordada, balbuciando palavras incompreensíveis.

"Você chegou, parente?", pergunta Zé Gavião.

"Eu cheguei."

"Fez boa viagem?"

"Vim acompanhada."

"E a tia?", pergunta Noma, olhando para a rede.

"Taí desse jeito. A gente já chamou força da pupunha, eu mais o Manuel, mas ela continuou assim... Nem o mingau tomou direito."

"Tem que chamar mais longe."

"Tu que conhece melhor, que sabe tudo, tu vai resolver...", diz Manuel.

"Periga de ela viver em outro canto, de querer morar com porco, ela fica falando disso, a gente tá achando. Tá assim faz dias. Desde que você foi chamada, ela só faz piorar", diz Zé Gavião.

Seguem conversando até tarde da noite, quando a casa silencia e as luzes da vizinhança diminuem. Ao longe ainda se ouve um ou outro rádio tocando, alguém ralhando com as crianças, um barulho de moto. Armam uma rede para Noma bem em frente àquela em que Maya está deitada. Entregam o charuto à pajé, perfumam todo o seu corpo com os ramos de folhas, limpam a maquiagem e pintam seu rosto com traços de urucum. Noma continua sentada na rede em silêncio, para se esvaziar. Então vai abrindo dentro do peito o espaço de uma clareira, vai passando para lá, enquanto o barulho da vizinhança desaparece por completo. Noma agora está em pé na clareira. O corpo sentado na rede estremece de olhos fechados. A rede sacoleja com força. Noma se segura com os braços esticados nas bordas de algodão.

"Estou descendo!", diz a pajé, sentada na rede. "Estou descendo!"

"Pode descer, você que é conhecedora dos caminhos, pode descer!", orienta Zé Gavião.

Rnrnrnrhrnrnrhrnrhrn. Rhrnrhrnrnrnnrhrnrn. Rhrnrnrnrnnr. Na clareira, Noma está agora coberta pelo couro de queixada. Começa a andar em quatro patas. Noma-Queixada vai cavoucando o solo, enfia as garras e o focinho nos flocos de terra. *Rhrnrhrnrnrnrhrn. Rnnrnrnrnhnnhnnh. Rnnhnrhrnrnrnnrh.* Zé Gavião se aproxima e coloca o charuto na boca de Noma, que se deitou na rede. Ela dá baforadas fortes, as quais se espalham por seu corpo e pelo de Maya, que permanece desacordada. A luz de uma das casas vizinhas se acende, olhares vigiam pelas frestas das janelas. Um vizinho aumenta o volume do rádio, e se ouvem salmos em louvor a Jesus. *Rhnhnhnhrrnrnrhrrr.* Noma-Queixada encontra um buraco maior no pé de uma das árvores da clareira. Enfia ali sua cabeça, depois as patas dianteiras, e consegue passar pela entrada estreita.

Noma-Queixada desce pelo caminho, que se mostra um túnel maior. Desce mais e mais, até perceber ao longe a luz alaranjada do mundo de baixo. Noma-Queixada corre até alcançar a claridade. Na saída, contempla o céu da outra terra. Para descobrir a direção certa, a pajé escuta a tristeza de Maya. Noma é agora esse espaço de circulação, é a segue-trilhas, encontra-rastros, restaura-corpos. Vê diante de si uma vereda ladeada por palmeiras. Aproxima o focinho do chão e sente o cheiro de seus parentes que passaram por lá. Vai seguindo na trilha, farejando todos os cantos. Orienta-se pelo sentido a mais que a guia pelo mapa da terra de baixo. Noma-Queixada para numa encruzilhada perto de uma grande árvore. Ali reconhece Pessoa Ipê, que está em pé ao lado de seu tronco. É uma pessoa esbelta, translúcida, com o corpo desenhado por volutas intrincadas que preenchem toda a pele. Pessoa Ipê começa a cantar palavras que Noma-Queixada transporta até que sejam escutadas na varanda da casa de Zé Gavião.

Fincado na terra estou
Dançando no vento
Madeira que enverga sem quebrar
Arco que encurva sem rachar
De cima a terra vejo
E os feitos dos fantasmas
Seus erros reconheço
A que sozinha ficou
O que agora encontrará?
A que tudo enxerga
O lado certo descobrirá?
Filho perdido caído
Menino de memória muda
Por onde terá tombado?

Depois de escutar essas palavras, Noma-Queixada aproxima novamente o focinho do chão e vai seguindo o caminho apontado pelo rastro. Enquanto isso, na terra de cima, Manuel levanta o charuto e o coloca na boca da pajé, que solta baforadas por toda a varanda, sob os olhares desconfiados dos vizinhos, incomodados e escondidos em suas casas. Eles continuam desafiando, aumentam o volume dos rádios, que tocam os cânticos do Senhor. O tio cobre o corpo inteiro de Maya com a névoa das folhas puras de tabaco que tudo alivia e revela. Noma, de olhos abertos, volta-se para dentro de Maya e vê no claro de seu corpo o dia em que a mulher saiu à procura do filho. Vê tudo o que aconteceu no espaço de dor de Maya: a espera na porta do IML, a revolta no meio da calçada estorricada pelo sol, a dúvida, o abandono, a visita dos parentes em sua casa para comer peixe, o choro que não para e os tufos de cabelo arrancados em desespero. Vê o preparo para a viagem rio acima com o marido, o chamado por aquela que iria ajudá-la. Escuta seus pensamentos sobre a gente-árvore que os tios não alcançavam. Então entende. Tenta ir além no rastro daquela dor, tenta perseguir o caminho do filho sumido, tenta procurá-lo na noite em que os outros foram jogados no lixão, mas nada encontra. Apenas os urubus revoando sobre os cadáveres na Cidade da Fronteira.

26.

Nos dias em que se recuperava no flutuante, o filho de Maya detestou como nunca as tábuas de madeira encardidas do assoalho, as telhas de alumínio que esquentavam aquele lugar transformando-o num forno. Detestou seu pensamento sobre as cidades e os prédios que talvez jamais conhecesse, as fotos de mulheres brancas peladas, de carros que ele nem sequer tinha visto direito. Indiozinho de merda, pensou. Suas roupas estavam imundas, tinha só um par de shorts encardidos e uma camiseta regata puída, só um chinelo esgarçado, nenhum tênis para andar pela cidade. Então foi até a casa de uma parente, quase uma hora de caminhada. Ali encontrou os primos, sentados na varanda fumando cigarro. Pediu um também. Ficaram baforando, queimando até o filtro, calados. Um dos primos contou que, enquanto o filho de Maya se recuperava, tinha conhecido um cara que o chamou no mato atrás do boteco do doidão, um tal de Picanha, era esse o nome dele. O primo disse que ele queria conversar, falou de coisa que tinha para oferecer.

"E o que você disse?", perguntou o filho de Maya.

"Eu disse que ia esperar meu primo mais velho que tava doente, ele que sabe melhor. Aí a gente conversa. E o cara disse, tudo bem, falou pra encontrar no lugar dele, pra levar você", respondeu o primo.

Contaram também ao filho de Maya que a partida de futebol havia sido cancelada depois da briga na praça, que o pessoal não queria mais jogar contra o time dos parentes, que agora não tinha mais o ambiente para o que eles chamavam de "sintonia", e disseram que seria melhor ir ver o que aquele cara queria, quem sabe ele não podia ajudar. Decidiram ir no mesmo dia, mas esperaram escurecer. Então chegaram numa trilha que saía de trás de um conjunto de casas no fim da cidade. O caminho continuava após um tronco que servia de ponte para atravessar um igarapé. Seguiram pelo outro lado, iluminando a trilha com uma lanterna. Um pouco adiante, viram um barraco feito de lona, algumas tábuas e telhas velhas. A luz de uma lamparina clareava o seu interior. O primo assobiou com discrição, esperando pela reação do morador. Passado um certo tempo, uma mão fez sinal para que entrassem rapidamente no barraco. Foi o que fizeram.

Ali estava Picanha, os cabelos sebosos colados na testa, as cicatrizes circundando o rosto. Sentado numa lata de tinta vazia, o homem tinha as costas encurvadas e olhava esquivo para os dois rapazes por cima dos braços fortes cobertos de tatuagens feitas à mão. O filho de Maya se interessou por aqueles desenhos. Palhaços, cruzes, caveiras, até Saci tinha. Pensou que talvez Picanha fosse também uma espécie de pajé, pois trazia o corpo coberto de desenhos tal como Noma dizia ser a pele de sua imagem que costumava caminhar debaixo da terra. O cachorro de Picanha estava sentado ao lado dele, olhando fixamente com suas pupilas vermelhas para os recém-chegados. O filho de Maya sentiu desconforto ao ver aquele cachorro sarnento que o dono mantinha junto de si, sem se preocupar com a pele fedorenta que roçava sua perna. Talvez fossem parentes, os dois, ele especulou, ao perceber que os pelos da perna de Picanha eram da cor dos pelos do animal, ou ao menos dos que ainda restavam naquele couro carcomido pela sarna.

Picanha disse para os rapazes se sentarem onde quisessem, e assim eles fizeram, acendendo cada um o seu cigarro. Falou sobre o acontecimento na praça, do qual tinha ficado sabendo pelo primo. Falou sobre mulheres, dizendo que aquela garota, Nashielly, não passava de uma putinha que não merecia a atenção dele, coisa que o filho de Maya não gostou de ouvir, embora estivesse interessado na conversa de Picanha, principalmente quando ele contou o que já havia feito com outras meninas, com mais de uma ao mesmo tempo até, e como era fácil quando se tinha como comprar as coisas, roupas e outros presentes que as meninas gostam de ganhar, celulares por exemplo, e dos bons, iPhone, Galaxy, tudo que o filho de Maya já tinha ouvido da boca de Nashielly. Os dois rapazes, curiosos, perguntaram o que poderiam fazer para conseguir aquelas coisas, vender colares de miçanga feitos pelas suas tias ou óleo de copaíba? Picanha deu risada.

Foi então que pegou um celular que havia comprado na cidade. Era novo, com tela grande. Desbloqueou o aparelho e mostrou um mapa de toda a região onde eles estavam agora, incluindo a Cidade do Jambeiro e a outra cidade maior da fronteira, mais toda a terra rio acima onde os parentes moravam. Começou a falar sobre os contornos do rio que margeava a terra deles, fazendo divisa com o outro país, bem longe da BR, uma divisa tão grande e tão remota que nem os madeireiros tinham conseguido atingir e que quase ninguém conhecia, menos eles próprios e seus parentes que viviam rio acima. O filho de Maya e seu primo gostaram de ver aquele mapa esverdeado na tela do celular, mesmo que a imagem não tivesse resolução suficiente para encontrar a aldeia em que moravam. Picanha disse que daria aquele celular para eles e ainda mais, que inclusive eles ganhariam dinheiro suficiente para viajar de avião até Manaus ou Brasília. Quem sabe até poderiam convidar as garotas que quisessem.

Bastava que levassem um carregamento que ele precisava entregar para um amigo que estaria esperando na cabeceira do igarapé Jarapi, do outro lado da fronteira, e que depois trouxessem de volta o dinheiro que o amigo entregaria a eles. Era uma encomenda que o amigo tinha feito e que ele precisava entregar logo, sem falta. Perguntaram os dois por que ali, naquele igarapé tão longe que apenas os parentes conheciam, e não em outro lugar mais perto de alguma cidade, perguntaram quem era aquele amigo e o que tinha nos pacotes. Picanha respondeu que o amigo morava do outro lado da fronteira e que para ele era mais fácil pegar os pacotes lá do que vir até aqui, sabe como é, são muitos dias de viagem, e que o conteúdo dos pacotes nem mesmo Picanha sabia direito, que era uma encomenda feita por aquele amigo que ele havia recebido de outros amigos, mas que os dois seriam bem pagos por essa ajuda que dariam ao tal do homem do outro lado da fronteira. O cara era gente boa, podiam ter certeza.

Mas havia uma condição. Eles não deviam abrir nenhum dos pacotes nem pegar nada. Precisavam chegar todos nas mãos do amigo exatamente como estavam. Se eles mexessem nos pacotes, o homem certamente saberia. Se faltasse algum, também. O amigo era gente boa, dizia Picanha, gente que só quer ajudar, mas poderia ficar bravo, e aí nem ele sabia o que poderia acontecer, porque o cara conhecia muita gente por lá, sabe como é. Era igual onça, ele disse, a gente nunca sabe. Disse ainda que, se eles fizessem direito, podiam combinar outras vezes. E pediu também que olhassem se tinha capoeira boa no alto do igarapé para botar um roçado, depois ele explicava melhor para quê, dizendo que daria até para eles ajudarem se quisessem e que ganhariam muito dinheiro com aquilo, muito mesmo, com a plantação específica que ele queria fazer ali. Então os primos foram embora. Disseram que voltariam no dia seguinte com a decisão. O desnascido ria sozinho dos índios trouxas que tinha encontrado para fazer o transporte até a conexão que ele pretendia testar do outro lado da fronteira. Daria a eles apenas uma parte da coisa, queria ver como se sairiam.

27.

Quando conversava com Picanha em seu barraco, o filho de Maya lembrou do sonho que tivera ao se recuperar da surra. Os pacotes que ele e os primos agora carregavam numa mochila dada por Picanha, ele pressentiu que tinha visto aquilo antes em outro lugar. Inquieto, com a sensação estranha da lembrança, foi em direção à beira para começar a viagem de subida. Fariam conforme o combinado, levariam a carga até o igarapé que haviam acertado, entregariam ao amigo de Picanha e receberiam o pagamento. O filho de Maya achou que era pouco dinheiro, mas os primos discordaram, disseram que daria para comprar uns três celulares e roupas, celulares que eles dividiriam entre si, além de miçangas de presente para suas mães. Pagaram a gasolina e os mantimentos com o que Picanha adiantou, e partiram ainda cedo. O filho de Maya ficava sentado na proa enquanto os primos conduziam o motor na popa. O sol forte atravessava a cortina suja de fumaça. Mal conseguiam enxergar os outros pequepeques que cruzavam o rio. Passaram também pelas balsas navegando rio abaixo com suas cargas, os troncos e mais troncos arrancados de dentro da floresta. O filho de Maya ignorou. Nada sentiu com relação às árvores que eram transportadas para longe dali, deitadas e empilhadas, já tinha se acostumado com aquilo e, além do mais, seu pensamento estava todo nos pacotes. Ele suspeitava que havia coisa mais valiosa na mochila, embora tivesse preferido disfarçar. Fingiu para Picanha que era idiota, um indiozinho bobo que se daria por satisfeito com o dinheiro do pagamento.

Quando o trânsito das canoas e voadeiras acabou e eles começaram a subir para as partes mais remotas do rio, já próximo do fim da tarde, encontraram uma praia onde montar acampamento e buscar ovos de tracajá escondidos na areia. Tinham evitado passar pelo posto de controle, pegando um furo pouco conhecido que os levava para mais adiante no rio. Era noite quando um dos primos sugeriu que abrissem um dos pacotes, o que rapidamente virou uma discussão, pois não sabiam o que poderia acontecer se desrespeitassem o acordo. O filho de Maya disse que sabia o que tinha ali e que, se fosse o que estava pensando, poderiam conseguir muito mais dinheiro do que Picanha havia prometido. Não somos índios imbecis como eles pensam, disse, somos nós mesmos, fazemos do nosso jeito. Olharam-se e decidiram então abrir só um pequeno rasgo num dos embrulhos. Um dos primos usou a ponta de sua faca e logo viram o brilho branco aparecer detrás das fitas adesivas.

O filho de Maya raspou com a ponta da faca o bloco brilhante e mostrou para os demais como é que se fazia com o pó, pois já tinha visto um pessoal cheirar algumas vezes, aqueles caras com quem tinha bebido e jogado futebol na cidade, e logo a força subiu pelas narinas e se alojou no topo de seu crânio, para então limpar de sua carne todo o cansaço e tristeza, deixando-o seguro como nunca. Os outros rapazes quiseram experimentar, e assim, durante toda a noite, sugaram seu tempo vivido na brasa dos cigarros e nas palavras atropeladas que desperdiçavam no vento. Acharam-se os melhores, riram de Picanha, dos caras que derrubaram o filho de Maya, dos jovens da cidade, de suas primas envergonhadas rio acima, de todos. Não pararam mais.

O filho de Maya viu o dia chegar em pé na beira do rio, quando aquela certeza toda tinha acabado e seu peito fora tomado pela aflição, pelo avesso da força que o pó oferecia. Palavras estranhas começaram a ecoar em seus ouvidos. As palavras seguiam se repetindo em sua cabeça sem que ele as entendesse direito, enquanto o rapaz já via o sol surgir por cima da copa das árvores, saltando a noite que não houve. Suas mãos tremiam, as pontas dos dedos estavam amareladas pelos cigarros queimados além dos filtros, a garganta anestesiada, a mandíbula travada.

Ouvia os primos conversarem ao seu lado sobre a possibilidade de enterrar os pacotes e vender aquilo aos poucos, por conta própria. Levariam tudo para a cabeceira de algum outro igarapé, perto de onde moravam os últimos parentes que insistiam em viver como os antigos em suas grandes malocas, escondidos dos brasileiros. Embora não soubessem exatamente quanto, com certeza conseguiriam mais dinheiro do que o prometido por Picanha. Não seria difícil encontrar quem pagasse por aquilo na Cidade da Fronteira. Simplesmente não apareceriam no lugar combinado com o tal amigo e Picanha tampouco conseguiria achá-los, eles que conheciam todas as voltas do rio, que haviam crescido em seu corpo.

Os rapazes então desviaram da subida pelo rio e entraram pelos igarapés em busca de um lugar seguro, um abrigo que não fosse tão distante da cidade mas, ao mesmo tempo, fosse longe das vastas regiões corroídas pelos madeireiros. Já tinham passado num barracão que ficava a algumas horas da Cidade do Jambeiro e se abastecido de gasolina, cachaça e alimentos. Conversavam sobre chegar escondidos na cidade e procurar quem talvez pudesse ajudar. Antes disso, esperariam até as coisas acalmarem.

Enterraram os pacotes aos pés de uma grande samaúma e jogaram a mochila num canto qualquer. Falavam sobre as torres de vidro, as ruas repletas de carros brilhantes. O filho de Maya, durante seus raros cochilos, revia a imagem de

Nashielly, o corpo da garota agarrado ao dele, os bicos dos seios duros roçando contra o seu corpo, e ali mesmo trocavam desejos e confidências, tramavam planos. Acordava projetando seu retorno vitorioso, a volta por cima, o reconhecimento de quem ele poderia ser, de quem na verdade sempre fora, embora escondido sob aquelas roupas velhas e encardidas com as quais chegava na cidade, embora marcado com aquela pele que então disfarçaria sob as roupas coloridas dos melhores times. Acordava certo de que o tempo perdido poderia ser recuperado assim que, depois de conseguirem o que pudessem com aquela carga, fugissem por um tempo para longe. Picanha não os alcançaria. Sem dúvida, pensaria que ainda estivessem baixando da viagem de volta do igarapé onde o encontro com o amigo deveria ter acontecido. Jamais os descobriria entre as voltas ocultas no meio da mata.

28.

Era um fim de tarde escaldante quando Glauber recusou várias chamadas. Punha o telefone no silencioso, guardava no bolso da calça, mas em vão. O celular não parava de vibrar. Aqueles idiotas dos professores, ele pensou irritado, aquele imbecil do Valdir deve ter demorado demais para fazer os pedidos de diárias e de materiais desse mês. Ainda por cima isso, ele se atormentava enquanto o celular não dava trégua, ainda por cima as diárias atrasadas que não vão sair antes de fechar o orçamento. E se as diárias do curso dos professores não entrarem, e se não tiverem emitido as notas mais altas? Teriam feito o que ele mandou na Secretaria de Saúde, os empenhos de verba emergencial, tudo isso? Só não queria imaginar algum problema nos caminhões, com aquela coisa. Isso não, porque ele tinha deixado tudo organizado na serraria. De repente, o coração acelerou. E se não tiver chegado? O telefone tocava de novo e ele desligava, fingindo que não era com ele. Seguia tocando outras vezes.

Parou sua moto perto da mureta da beira, ao lado do jambeiro, e olhou para o horizonte coberto de nuvens vermelhas do pôr do sol. Nuvens de guerra, lembrou de ter ouvido falar. Enfim tomou coragem e checou as mensagens. Eram várias, muitas do escritório de Manaus. Identificou com aflição um prefixo internacional que não deveria de jeito nenhum aparecer no seu telefone. Pensou no pior e seu coração quase estourou. Não podia ser, aquele prefixo não. As mensagens pediam para retornar imediatamente a ligação. Encontrou um áudio falando sobre uma parte da carga que tinha sido adulterada, e depois outro no qual diziam que iam comer o fígado do filho da puta, acabar com a família do responsável. As pernas de Glauber tremiam, um frio subia pela espinha. Por um instante não conseguia firmar os dedos no teclado do telefone e então baixou o aparelho, olhando nervoso para o horizonte. Digitou às pressas um texto qualquer, dizendo que só ficara sabendo agora, que ia tentar descobrir, que naquela hora não podia falar. Recebeu imediatamente de volta mais cinco ligações e recusou todas. E depois mais uma sequência de áudios com ameaças falando do tamanho do rombo, que não iam deixar passar, que conheciam toda a família dele. O filho do prefeito quis arremessar o celular no rio. Não sabia o que poderia ter acontecido. Pensava que tinha o controle de tudo desde que seu pai assumiu o cargo e o mandou cuidar da coisa, da matéria-prima toda, do combinado que ele havia feito com o pessoal que agora mandava em Manaus e no Via Amazônia.

Alguma atitude ele precisava tomar. Subiu na moto e saiu com o motor roncando. Estão me passando a perna, falava consigo mesmo, quem é que manda nessa porra, repetia revoltado, enquanto bem naquele momento, não sabia por qual razão, lhe vinha a imagem de Noma subindo o barranco, o corpo que ele insuportavelmente queria. Aqueles índios infernizando a cidade, crescendo demais no espaço das ruas, disputando eleições, são eles que conhecem todos os caminhos dos rios, devem ter sido eles! Foi o que Glauber pensou desesperado entre arrotos de cerveja. Aproveitou que o celular havia silenciado, estacionou a moto, foi até o bar e sentou na mesinha de plástico, pedindo logo uma cachaça, sem olhar para quem lhe servia. Bebeu um copo e mais outro e viu umas meninas animadas, sentadas nos bancos, acalmou por um instante olhando para uma que mal tinha peitos mas que já dava pra traçar, ele pensou. E veio de novo a imagem da bunda de Noma, do cabelo de Noma, puta que pariu aquela imagem que o perseguia, aquela bicha nojenta, pensou, imaginando-se metendo na bunda de Noma, que merda, disse para si mesmo, e depois se viu tirando o vestidinho daquela menina sentada na cadeira de plástico, sem horário para voltar para casa e encontrar a mulher pentelha enchendo o saco e a criança birrenta, mas então entraram de novo mais mensagens com aquele prefixo e ele quase infartou. Esperou um pouco e reagiu, bateu na mesa com a pulseira dourada do relógio e repetiu, sou eu que mando nessa porra. Tem que dar o exemplo, disse entre dentes para si mesmo.

Nem hesitou. Mandou logo um áudio para quem tinha que mandar. Segurança, o esquema todo. Já na noite seguinte eles tinham que se organizar, pegar a caminhonete, os três de confiança, e dirigir pelo ramal até a Cidade da Fronteira. Nada de ir pelo rio. Tinha que ser pelos ramais de terra mesmo, na hora certa. Se quisessem passar o recado do comando, que passassem, tinham pouco tempo para isso. Mas ele não queria nem saber. Se não quisessem dar recado, que não dessem. Problema deles. Tinha que pegar logo quem estivesse na praça, os índios sentados na beira, nos pontos deles, e resolver rápido. Falou para seguirem a metodologia, usarem as máscaras, o tratamento para não deixar a identificação, o melhor de todos era o trabalho dos urubus, que eles sabiam. E então mandou o áudio. Pronto, resolvido, respirou aliviado.

Babou um resto de cachaça na camisa polo e limpou a boca com as costas da mão, descuidando do relógio dourado que se manchava com o sebo da sua bochecha. Pensou no pai sentado no gabinete, encaixando aquela bunda gorda na poltrona. O celular tornou a tocar. O que será agora?, ele pensou. Desbloqueou a tela e viu uma mensagem do pai que o chamava para ir rápido à prefeitura. Glauber se olhou na tela suja do telefone e tentou ajeitar o cabelo, enquanto bebia uma lata de Coca-Cola para recuperar o prumo. Deixou a conta pendurada e saiu cambaleando pela praça. Tentou subir na moto, mas caiu do outro lado, sujando a calça de terra. Tentou subir de novo e caiu. Enfim conseguiu se equilibrar e acelerou com força. Saiu dali com a noite já firmada e pegou a ladeira que subia em direção à prefeitura, esperando que o horizonte esfumaçado não o sufocasse de uma vez por todas.

29.

Glauber estacionou a moto nos fundos. Entrou pela porta de trás, subiu a escada para o segundo andar e entrou no gabinete do prefeito. Encontrou o pai furioso, encostado na mesa. Pedia explicações sobre as mensagens que chegavam em seu telefone, cobrava o filho, que deveria ter resolvido o caso.

"E se tiverem monitorando essa merda de telefone? Se descobrirem esses prefixos internacionais, como tu vai explicar? O que que aconteceu no transporte?", gritou o prefeito.

O filho estava empapado de suor. Sentou-se e passou a mão na testa para tirar as gotas que escorriam em seus olhos e disse que também tinha recebido as mensagens, que não sabia de nada, o que pouco adiantou, pois as mensagens continuaram chegando, aquele pessoal pedindo uma solução e fazendo ameaças. O pai percebeu que ele estava sendo sincero e ficou assustado. Se nem o filho sabia, e nem o gerente da serraria com quem ele mesmo tinha brigado pouco antes pelo telefone, então o que teria acontecido?

"Aqueles filhos da puta mentiram pra mim, alguém desviou os pacotes!", disse, olhando com raiva para o filho.

"Mas se fosse isso eles já teriam levado chumbo do sistema", Glauber respondeu, com as mãos na cabeça, os dedos enfiados no cabelo oleoso.

"Eles nem se meteriam a besta com o sistema. Ninguém se mete, nem nós. A ordem é pra tocar o fluxo de maneira normal, receber cada um a sua parte. Tudo tem que funcionar assim, senão vai chegar salve pra cima da gente!"

"Eu sei."

"Não vai melhorar nunca essa merda de negócio de madeira. Depois dessa cagada como é que vai ficar?"

"Foi só esse vazamento, vai resolver, porque o comando que a gente passou lá na fronteira era pra ter acabado com os ratos todos, aqueles moleques que devem ter vendido parte da carga na fronteira."

"Que moleques?"

"Sei lá, aqueles índios que ficam por lá jogando bola, eles é que devem ter ajudado o pessoal da serraria a atravessar a carga. Porque só pode ter sido na serraria, ou então depois, no transporte de caminhão. No Via Amazônia é que não foi. Por isso que mandei passar o rodo geral, o senhor deve ter ouvido falar."

"Então tu não sabe quem foi? E mandou o comando pra cima de qualquer um? Usando o seu celular? E aquele cara que tá dormindo lá na serraria?"

"Aquele é do sistema, só fica lá dormindo, ninguém mexe com ele. Mas eu mandei impor respeito ali na fronteira."

"O pessoal da segurança me contou. Que se dane, tudo bugrada mesmo que nem devia estar mais por aí. Tem que funcionar."

O prefeito seguia falando para Glauber sumir logo com o telefone. Contou do prefeito de Guajará, seu amigo, que tinha sido grampeado por um aparelho que nem os policiais da cidade conheciam, uma maleta que deixaram escondida em algum lugar e que desviava o sinal de todos os celulares da região. Falou da família dele, do que aconteceu depois que descobriram as ligações.

"Não tava sabendo desse equipamento", comentou Glauber, apreensivo.

"Tem coisa que nem a gente sabe, acontece pelas costas. Eles conversam lá no mando geral, fazem combinado que muda igual vento."

"Vai mudar não, tá garantido por aqui, meu pai."

O prefeito sabia que logo os federais chegariam. Acabariam encontrando os corpos, começariam a fazer investigação. Seus contatos no governo tinham avisado que eles andavam apertando na fronteira. Mas isso não o preocupava. Alguém de Manaus daria um jeito, era só pressionar que eles não iriam além daquele teatro. Sua preocupação era outra. Tinham que repor o dinheiro perdido pelo desvio da carga, ou então seriam logo decretados. E não era pouco. O prefeito e seu filho pensaram em apertar o esquema dos contratos, criar mais convênios, mais missões e diárias para as secretarias, passar mais nota fiscal de voos para as aldeias com muitas horas além das necessárias, falar logo com aqueles pilotos da Asas da Floresta, fazer acontecer o que em geral não acontecia naquela vida besta da Cidade do Jambeiro.

Apressariam o pessoal da saúde, diriam que não trabalharam tanto quanto combinado, que não encontraram histórias suficientes para justificar os pedidos extras de cloroquina e antibióticos que no final não subiriam para as aldeias, emitiriam mais notas com valor acima da tabela, o argumento da calamidade justificaria a urgência por conta da epidemia de malária e de hepatite. E nem assim, eles diziam, nem assim o dinheiro cobriria o estrago, ficariam devendo uma boa parte de tudo que foi perdido e não teriam como repor a grana se todo o esquema fosse cancelado. Não iam aceitar o erro, tentariam encontrar outros colaboradores nas passagens das fronteiras. Eles acabariam perdendo o controle, no mínimo.

O prefeito mandou o filho falar para jogarem logo no rio as caixas de remédio que tinham acabado de chegar e depois pedir mais remessas para Brasília. Disse para justificar a perda com alguma enchente. Falou para adiarem a construção das escolas indígenas, pedir mais material sob a justificativa de que o tempo estragou, qualquer coisa do tipo, e lançar mais notas fiscais. Falou para empenhar todas as verbas que conseguisse. Mas sabia que nada disso seria igual ao recurso que entrava pelo esquema.

"Vai dar só isso?", respondeu o filho, olhando para o chão com a cabeça entre as mãos.

"Claro que não, tu quer que eu faça o quê? Os pacotes têm que aparecer!", gritou o prefeito.

Pensaram em outras possibilidades, em mandar logo para o porto todos os caminhões com as toras ainda não processadas, vendendo pelo que pagassem e recebendo o que desse, porque claro que os gringos sempre iam querer mais por um preço menor. Ainda assim não seria suficiente. Não daria tempo de abrir novas clareiras com o trator, de passar a corrente em mais árvores. Não daria tempo de falar com o papeleiro, mesmo que ele entrasse ainda hoje no sistema do governo, emitisse mais documentos e imprimisse logo tudo para os motoristas. Mesmo que o papeleiro apagasse os dados depois, os caminhões estavam ocupados desovando a carga já processada, não iam conseguir voltar. O prefeito disse que a empresa de Baltimore andava reclamando da carga, ameaçando cancelar o contrato e mudar de fornecedor. Talvez precisassem vender para os chineses, menos exigentes. Glauber pensou em como os pacotes poderiam ter caído nas mãos dos moleques da fronteira que o pessoal da segurança jogou para os urubus comerem, se é que foram mesmo eles. Nenhum deles disse nada que prestasse para os capangas antes de serem jogados no lixão. O filho do prefeito perambulou pelo gabinete, olhou uma pilha de contratos em cima da mesa, mexeu naquelas pastas com desânimo, tentando imaginar o que mais poderia sair dali para cobrir o rombo do desvio e do fim provável do combinado, e então olhou pela janela, viu com desprezo os telhados encardidos das casas, as mangueiras frondosas brilhando na lua.

30.

O filho de Maya varava as noites tomado pelo pó. Seus dentes rangiam na mandíbula apertada, a fumaça de cigarro se espalhava pelo corpo inteiro. O rapaz estava parado na beira, os pés fincados na areia da praia, enquanto os primos, sentados ao redor das brasas de uma fogueira, conversavam freneticamente. Olhava para a outra margem do rio, mas nada via, tinha a cabeça esvaziada pela fumaça e pelo cansaço. Foi então que as imagens da terra se fizeram presentes por todos os lados. Ficaram em pé diante do rapaz e olharam firme em seus olhos.

"Escute!", disseram, como se fossem o corpo e a voz de Maya.

"Mãe?", ele perguntou perplexo, girando ao redor para confrontá-las.

"Devolva os pacotes e vá embora!", ordenaram com a voz e o rosto de Maya, as franjas espessas escondendo seus olhos pretos.

"Quem é?"

"Escute! Deite no chão agora! Vamos te ensinar!"

"Sai daqui! Sai daqui!"

As imagens da terra fizeram com que ele caísse sobre a areia. O rapaz tropeçou nas próprias pernas e logo se viu deitado de costas, olhando para o céu que começava a clarear. Em pouco tempo, ele percebia seu corpo como o do menino de onze anos que tinha sido um dia. Olhou para o lado e viu os primos também como crianças ao redor das brasas, a poucos passos de onde ele estava. As imagens da terra fizeram com que seu corpo tremesse por um instante junto com as árvores e o céu, com que o mundo se desnorteasse pelas cores sucessivas que as nuvens tomavam.

"Vamos, filho, escute!", elas apelavam para o rapaz.

"Mãe! Mãe! É você? Não pode ser! Vai embora, coisa-ruim!", ele gritava, confuso.

"Não estaria hoje aqui se não fosse por nós! Sempre servimos de guia para os seus pés. Não está lembrado de nós?"

"Quem tá falando?"

"Somos as semeadoras, as donas das copas das árvores, as que aquecem os corpos, donas dos quatro nomes, donas dos fundamentos."

O filho de Maya não reconhecia as imagens da terra. Seu pensamento estava silenciado pela fumaça do cigarro, pelo pó que o invadia com seu ar gelado, que enfiava seus dedos de vidro pelos contornos do cérebro.

"Vamos, devolva os pacotes e volte para casa! Não foi para isso que te sustentamos! Você não tem mais o sopro! Não escutou os donos, não aprendeu a visão da clareza dessas folhas! Vá embora com seus primos! Não fique com o pensamento da mulher-mentira!"

"Sai daqui, coisa-ruim!"

"Você não tem a palavra das folhas, o saber das nossas filhas que foram envenenadas nesses pacotes! Não conhece a palavra do fundamento!"

Tudo isso, aquelas imagens disseram enquanto ele seguia desnorteado. E continuaram:

"Você não entende a claridade das pequenas folhas da terra! Elas devem ser mastigadas apenas pelas bocas dos velhos! Elas são o conhecimento das rodas de saber! Não são esse valor envenenado e empacotado que você carrega!"

Mas o filho de Maya estava realmente fechado para aquelas vozes. O que fariam para ele entender? Ocupando a forma de gaviões-pretos, aquelas imagens pousaram nos galhos altos da samaúma e choraram seus lamentos, seus últimos apelos para que o rapaz despertasse e aprendesse. Em vão.

No interior do peito do filho de Maya seguia a memória de Nashielly, encravada bem no centro de vitalidade do rapaz. O perfume da moça o envolvia feito uma membrana de plástico, silenciando seu pensamento. Ele continuava afastando com as mãos o enxame de vozes invisíveis que o atormentava, permanecia com a imagem da garota, o rastro perfumado que ele desejava. Seguia invadido pelo pó, pela força trocada das folhas que não mais acalmavam, que não mais esfriavam e acolhiam. Os primos vieram em seu socorro, tentando conter o filho de Maya, que se debatia na areia. Jogaram água em sua cabeça, fizeram com que mergulhasse inteiro no rio. Deram risada do seu desespero e o deixaram envergonhado. Aos poucos, as vozes se calaram e ele se recompôs.

Logo estavam juntos de novo, confabulando, decidindo os passos seguintes para que Picanha jamais os encontrasse. O filho de Maya foi invadido pela angústia quando seus primos o levaram de volta para perto da fogueira. Olhava para o pó espalhado sobre um caco de espelho que usavam como apoio e sentia que poderia tombar ali mesmo, naquele precipício gelado que se abria por trás dos parcos reflexos do céu insinuados entre os grãos brancos. Foram tomados pelas gargalhadas, os olhos esticados, a atração por mais e mais daquela força que os sustentava na manhã que começava a surgir. Perceberam que a cachaça e a comida já estavam acabando, enquanto, frenéticos, tramavam o futuro com as garotas da cidade que certamente os acompanhariam para longe dali, enfim convencidas pelos presentes que dariam a elas e por muito mais que conseguiriam oferecer quando estivessem na cidade das torres de vidro.

31.

Naquela manhã, os rapazes decidiram voltar ao barracão para se reabastecer. A mão do primo que conduzia o motor tremia, mal conseguia direcionar a canoa. Mesmo assim, seguiram. Navegaram até ver o barracão que surgia depois de um remanso. Aproximaram-se de um lado do flutuante no qual o conhecido vendia seus produtos, cuidando para não serem vistos. Mas as noites varadas em claro, mais a cachaça que havia sumido na garganta deles, não os faziam discretos.

Entraram como patrões, empurraram a porta com estardalhaço, chegaram falando alto com suas exigências, e deram de cara com aquele desnascido do outro lado do balcão, segurando o comerciante com uma chave de braço, o cano da arma encostado em sua testa. Antes que pudessem voltar, Picanha já tinha apagado e jogado de lado o dono do barracão. Agora apontava a arma direto para a cara do filho de Maya, gritando para que levantasse as mãos. Indicava para os outros rapazes as correntes e os cadeados que estavam logo atrás. Ordenava que prendessem nas costas os braços do filho de Maya, e que depois fizessem o mesmo uns com os outros. Quando sobrou só um, o próprio desnascido se aproximou para fechar o último cadeado. Picanha forçou os rapazes a entrar na canoa que tinham atracado do outro lado do barracão. Empurrou os garotos para dentro, exigindo que dissessem onde haviam escondido os pacotes.

Naquele momento, a força do pó passava a virar abismo. Bem no centro de vitalidade de cada um, nesse espaço que é um redemoinho, o que eles sentiram foi um imenso vazio onde começavam a tombar. As bordas da angústia sugavam sua respiração e não havia o que fazer. Nem a sede tinham matado, obcecados que estavam pelo pó. A mente do filho de Maya girava e girava, enquanto Picanha o obrigava a indicar o caminho. Os outros tremiam, quietos, dando-se conta aos poucos do que haviam feito. Avançaram pelas águas, entraram na boca do igarapé e seguiram viagem.

O filho de Maya viu uma pá no fundo da canoa, junto de uma mochila vazia. Estranhou. Já estava escuro quando enfim aportaram na praia, iluminada pela lua cheia que naquela noite despontava grandiosa sobre as árvores. Aos berros, o desnascido os fez descer rapidamente da canoa, gritando para que mostrassem onde tinham escondido os pacotes. O filho de Maya olhou para o rosto de Picanha e viu seus olhos vermelhos injetados, teve a impressão de que sua face se afunilava num focinho, de que caninos espessos saíam pelos seus lábios, e depois chacoalhou a cabeça para recuperar os poucos sentidos que lhe sobravam. A angústia se espalhava por sua carne, o coração acelerado parecia romper as costelas.

Logo estavam junto à samaúma onde a mercadoria fora enterrada, entre as placas espessas das raízes. Picanha os derrubou no chão e fincou a pá na terra, tirando os pacotes. Achou outro aberto perto da fogueira. A fúria que tomava o desnascido quase fazia sua cicatriz estourar. Enfiou os embrulhos na mochila vazia que tinha trazido na canoa e obrigou os meninos a se deitarem no lugar onde haviam escondido a carga preciosa. Com a cabeça no chão, eles escutaram pela última vez o canto sussurrado das árvores que soavam com o vento. Então silenciaram. Depois dos estalos que explodiam os crânios, nada mais ouviram. Por um tempo tudo escureceu, até que começaram a se perceber em pé, conversando uns com os outros.

"Por que você está deitado aí na terra?", disse um dos primos.

"Por que você está aí deitado?", disse o outro.

"Você também continua deitado, mas está também em pé!"

"Sou mesmo eu aquele ali?"

"Sim, é você que está ali deitado, não está vendo?"

"Então ficamos assim?"

"Sim, somos nós ali deitados. São as nossas cabeças cobertas de sangue."

Foi quando lembraram de olhar para cima, de procurar o caminho pela copa das árvores que, diziam os antigos, deveria se abrir para eles. Mas o caminho não aparecia. Os desenhos de Pessoa Ipê não se revelavam para os olhos dos rapazes, os desenhos que os conduziriam à morada sobre a qual certa vez ouviram falar, isso eles não conseguiam enxergar com seus olhos turvos.

"O que vamos fazer?"

"Pra qual caminho devemos seguir?"

"Se andarmos pela terra, que casa vamos encontrar?"

Viram um caminho que descia por baixo do igarapé, viram uma luz amarela que saía dali e pensaram que poderiam ir por lá. Andaram pelas trilhas ressecadas do mundo de baixo até encontrar as margens do rio revolto. Ficaram agitados, confusos, perambulando na beira de uma praia, do mesmo modo como antes fizeram na terra de cima, vidrados pelo pó. Com o passar do tempo, começariam a notar os tapurus que lhes escorriam pelo nariz. Na terra de cima, Picanha, por sua vez, se apressava em enterrar os corpos ao abrigo das grandes raízes. Cavava as valas com a pá, cavava e cavava para que ficassem o mais fundas possível. Passou ali o resto da noite, agachado feito parasita junto com seu cachorro, ele mesmo quase fundido no cão sarnento, praguejando através de seus dentes entortados, tomado que também estava pela força branca. Já era quase manhã quando terminou de cobrir os corpos. Pensou não ter deixado vestígio. Pegou a mochila com os pacotes e não viu a outra, que os rapazes haviam jogado num canto próximo da mata. O sol implacável já cravava os dentes em suas costas quando enfim conseguiu se ajeitar na canoa e partir.

32.

Noma volta à maloca da gente-porco-do-mato, à grande casa ovalada que transpira cheiro de comida pelas paredes de palha. Segue pelo terreiro de areia fina e entra. Senta-se num banco. As moças-queixada deixam um prato com espigas de milho aos pés da pajé. Mesmo acostumada com aquela gente, Noma se impressiona. Ruga alguma há na pele dos mais velhos, tampouco cabelos brancos. O homem dos adornos de penas de arara posta-se diante de Noma e então conversam. Fala de novo com preocupação sobre as rachaduras, sobre a cor alaranjada que começa a desbotar nas partes corroídas do céu. Pergunta sobre os urubus que começam a voar por ali, aqueles pássaros que ele jamais tinha visto, os comedores de carniça.

"Logo o céu vai se desmanchar e os barulhos lá de cima cairão sobre o teto de nossas casas", diz o velho homem.

"Logo os cadáveres lá de cima tombarão com seu cheiro de podridão", completa a pajé.

Noma se ajeita para receber o rapé nas narinas. O pó verdadeiro dos fungos do milho vem certeiro no sopro quente do velho e se aloja no topo do crânio de Noma, que então vê tudo com clareza. As palhas cintilam, deixam entrever pontos brilhantes por todo lado. Crianças em forma de luz dançam no centro da maloca. São as crianças do fungo do milho que aparecem para dançar como brilhos fugazes e trazer os seus conhecimentos.

"Por que está de volta por aqui? Não deve ter vindo só pra passear", diz o homem, olhando para Noma com preocupação.

"Não vim mesmo por acaso."

Noma apoia as mãos nos joelhos e pergunta sobre Maya, falando do corpo que segue deitado doente na rede, da tristeza que a deixou esvaziada. O velho diz que alguns parentes seus estavam de fato acompanhando uma mulher desgrenhada que usava um vestido de flores. Aliviada com a pista a respeito do paradeiro da tia, a pajé pergunta sobre o filho desaparecido da mulher, se por acaso o homem o viu na companhia de outros rapazes, mesmo que seus corpos estivessem desmembrados e talvez até apodrecidos. Mas ele estranha aquelas palavras, não entende o que Noma diz.

"O que são corpos desmembrados e apodrecidos? Por que isso aconteceria?", pergunta.

O velho se cala e a pajé desiste de continuar. Não era assunto para ser espalhado pela terra de baixo. Era melhor que não soubessem o significado daquelas palavras. Noma sai da casa depois de se satisfazer com uma única espiga de milho que lhe foi oferecida. Retoma o caminho e segue para longe da morada da gente-queixada. Vê algumas rachaduras no céu pelas quais percebe a escuridão pesando sobre a cobertura celeste delicada, abafando sua luz macia. Caminha até encontrar um descampado aberto no meio dos arbustos. Olha novamente para cima.

Logo vê os urubus adejando nas correntes de ar quente. Espera que notem a sua presença. Aos poucos, eles descem em espirais, aproximando-se cada vez mais do lugar onde está Noma. Vão pousando a uma distância segura, aqueles desconfiados, com seus corpos gordos e enormes asas desengonçadas. Noma sabe que eles são assim titubeantes, mas oportunistas também, sempre ocupados com sua fome insaciável de carne alheia. Já devem estar me vendo como futura comida, ela pensa. Há entre eles um principal, maior e mais forte. Apenas as pontas de suas asas são pretas. O resto do corpo é todo coberto por penas brancas. O pescoço e o bico, avermelhados, contrastam com a cabeça escura dos outros. É esse que começa a se desdobrar, crescendo como uma mulher bem diante de Noma. Em poucos instantes, se sustenta sobre duas pernas fortes, os cabelos castanhos lisos e compridos caindo sobre as costas. Tem o corpo coberto de desenhos e os olhos intensos, brancos, quase transparentes. É então que conversam, Noma e Mulher-Urubu, uma de frente para a outra, os dois olhares firmes se confrontando no meio do terreiro.

"Por que descem pra esta terra? Aqui não tem nada pra vocês!", diz Noma.

"Por que você está aqui? Seu lugar é na terra de cima!", responde Mulher-Urubu.

"Vou aonde precisar com meu corpo de passagem."

"Então o que me diz sobre os corpos desta terra?"

"Por que quer saber sobre eles?"

"Em pouco tempo aqui também será a nossa casa."

"Para quê? Lá em cima a comida já é suficiente."

"As rachaduras no céu não estão se abrindo? Então podemos descer pra cá!"

"Os corpos daqui não são como os de lá. Não os cobicem!"

"Por que não? O que você sabe sobre eles?"

"Preciso de ajuda. Tenho uma pergunta."

"Uma pergunta? Você conhece as palavras que te autorizam a nos fazer uma pergunta?"

33.

Sentado no banco da canoa logo depois da boca do igarapé, começando a se preparar para descer o rio, Picanha ficou desorientado. Pensou que fosse despencar. Viu o rio virar de lado e se segurou com força nas bordas de madeira. Achou que estava esgotado pelo pó. Com o estômago revirado, fez esforço para respirar, tentando recuperar o equilíbrio. Foi então que viu um corredor de árvores incendiadas, os troncos crepitando contra o céu fechado pela névoa escura, os galhos que tombavam na beira e que pareciam fechar a passagem. De onde teriam vindo as chamas, se pouco antes a floresta estava quieta? Desesperado, Picanha acelerou, enfiando a rabeta na água para atravessar rapidamente a cortina de fogo que queria cair sobre o igarapé.

Suas costas ardiam, ele sentia mãos invisíveis repuxando sua pele por dentro, sentia a barriga inchar, um insuportável gosto de sangue subindo pela garganta. Esfregou os olhos suados e ardidos com as mãos. Olhou adiante e viu o filho de Maya sentado na proa da canoa, encarando-o. Como seria possível, se ele havia acabado de enterrá-lo? O corpo era do rapaz, mas o rosto era outro. Estava coberto por uma máscara preta, os olhos vermelhos saltados para fora, a boca rodeada por dentes tortos. O filho de Maya nada fazia, enquanto Picanha tentava controlar o peito para que as batidas do coração não estourassem as suas costelas.

"Vamos, cunhado, continue!", dizia o mascarado.

Picanha olhou para os lados e entendeu que podia passar pelas chamas sem que sua pele se queimasse. A presença continuava sentada na proa, ao passo que a canoa baixava pelo igarapé em direção à calha do rio maior que o conduziria de volta ao flutuante. Sentiu o sangue subir pela garganta. Por um instante chegou a ver como se fosse seu o corpo do rapaz deitado na terra, o olhar fixo na copa das árvores, as vespas a rodear o seu cabelo empapado de sangue. Sacudiu a cabeça tentando recuperar o controle. Começou a vomitar coágulos espessos, bolas vermelhas gelatinosas que caíam na água. A canoa atravessava um deserto de troncos carbonizados, as margens quase invisíveis pela fumaça. A voz do mascarado seguiu repercutindo em sua mente.

"Vamos, cunhado, continue! Vamos! Não era isso que você queria? Que eu fosse devorado pela terra?", disse a imagem do filho de Maya.

Picanha tentou se agarrar ao timão do motor, temendo as chamas e os troncos carbonizados que despencavam na água. Por que me chama de cunhado?, pensou, tentando afastar a visão sentada na proa da canoa. Olhava frenético para todos os lados, para cima e para baixo, ia avançando pelo leito avermelhado do igarapé, repleto de troncos calcinados que passavam rente à canoa, cobrindo a superfície da água.

"Vamos, cunhado, continue! Vamos, fuja, covarde!", dizia a voz do mascarado.

O que ele quer?, Picanha seguia pensando. Por que me chama assim? Virou novamente para o lado e deixou escorrer da garganta mais um coágulo grosso como uma fruta, uma bola de sangue formada por um novelo de cabelos embaraçados. Levou os dedos para dentro da boca e sentiu os dentes grandes e desalinhados. Ao mesmo tempo, a presença mascarada na sua frente o imitava, examinando os próprios dentes. Parecia que ela também conduzia a canoa, que era uma imagem espelhada do desnascido, o qual nada mais escutava além dos batimentos de seu coração acelerado e a voz mascarada que começava a esboçar um canto em versos murmurados.

> *Aquele que contra o tempo*
> *Contra o tempo rema*
> *Contra o curso do rio*
> *Que desce aquele que*
> *Contra o tempo rema*
> *Contra o curso do rio*
> *Que sobe aquele que*
> *Contra o tempo rema*
> *Contra o curso do rio*
> *Que desce aquele*
> *Que contra o tempo...*

Enquanto escutava essas palavras que não entendia, sua barriga quase rachava com o sangue do filho de Maya. Parado no meio do curso das águas, conseguiria escapar e seguir seu caminho? Ou seria arrastado pela presença desgarrada do corpo do rapaz, de seu cunhado-inimigo que, agora, o acossava com as visões? Ali estava Picanha num impasse, no meio do rio que nem parecia descer ou subir, girando sob o sol, vigiado pela presença que desejava abocanhar sua cabeça e tomar o seu lugar. O desnascido ofegava, rodeado pela bruma suja que descia dos barrancos calcinados, pelo halo imenso do sol. Sucumbiria ele agora, ameaçado pelo rival?

Picanha-máscara estava prestes a estourar, com o sangue do defunto que o inchava cada vez mais. Percebendo-se deitado no meio da canoa, ele via a imagem do filho de Maya se esticar sobre seu corpo, quase cobrindo-o por inteiro. Ela queria ganhar a posição de vida que Picanha indevidamente ocupava, depois de ter enterrado o rapaz e seus primos. O desnascido já quase nada escutava, começava a ver o céu escurecer, sentia as mãos e os pés esfriarem, distinguia asas escuras revoando no topo do céu, via a copa das árvores, sentia o tempo paralisar.

Quando estava quase morto, ele escutou um barulho ensurdecedor rasgar o ar. Era o motor potente de alguma voadeira que se aproximava. Aquele ruído repentino o tirou de seu torpor e o trouxe de volta para a solidez do dia. Apoiando-se com as duas mãos, conseguiu sentar-se na canoa e olhar na direção do som. Viu ao longe um brilho metálico que virava na curva do rio, bem acima dele, e começava a descer. Viu que a mata não pegava fogo, que tudo continuava igual ao dia anterior, quando tinha passado por aquele lugar, trazendo os rapazes. Aquele que o chamava de cunhado enfim havia desaparecido. O corpo de Picanha estava intacto, e sua força, restabelecida.

Mas agora ele temia aquela canoa que se aproximava. Teriam rastreado o seu caminho? Seria algum salve mandado pelo sistema para reaver os pacotes? Era necessário reagir antes que o alcançassem. Conduzindo com firmeza o motor, desviou para a esquerda e desceu o rio velozmente, o mais colado possível à margem para não ser notado. Mas seu motor era muito mais fraco que o da voadeira. Sem alternativa, lançou a canoa numa praia que surgia mais abaixo. Ele já conseguia divisar o barco trazendo vários homens que empunhavam armas. Depressa, Picanha colocou a mochila nas costas e correu para a mata fechada. Seu corpo estava ágil, a barriga enxuta talvez por causa dos coágulos que ele tinha expelido.

Picanha não era um estrangeiro. Naquele momento, percebeu que seu corpo despertava para os contornos da terra. Deslizando hábil pela mata, ele seguia sem deixar rastros. Logo a voadeira chegou na praia. Encontrando a canoa largada pelo desnascido, homens encapuzados desceram rapidamente da embarcação com seus fuzis e revólveres. Estavam certos de que a cabeça deles não resistiria ao fracasso se voltassem aos da sintonia sem ter nada para dizer. Picanha não olhava para trás. Reconhecia as palavras que eles praguejavam à distância.

Ali parados, eles olhavam através da mata fechada buscando a passagem para a qual deviam se dirigir. Aqueles forasteiros despreparados precisavam encontrar de qualquer jeito os rastros do enganador. Porém, se atrapalhavam nas galhadas da várzea e procuravam abrir caminho no fio dos terçados. Com as botas afundadas no lamaçal daquela terra que não conheciam, seguiam lentos, atirando para o alto, tentando avançar com seus berros, mas Picanha já estava bem longe. Andava agachado em sua vantagem pelo mato. Mapeava os tiros que escutava e que eram vários, muitos mais do que sua única pistola já quase sem balas poderia encarar. Foi adiante com o impulso que tinha e com o que tomava emprestado do pó e da raiva que o tornava outro. Parecia farejar os caminhos, escutá-los com as orelhas abertas do cachorro com o qual se fundia. Subiu um barranco, virou para o lado e correu oculto em direção à vasta floresta que se estendia à sua frente.

34.

Noma, a esplendorosa, procura nos desenhos de sua pele as palavras demandadas por Mulher-Urubu. Certamente elas estariam por ali, traçadas em seu corpo pela gente-queixada que a transformou. Aquela pessoa orgulhosa que se posta na sua frente quer saber se Noma tem o conhecimento necessário para interpelá-la. Ela está no seu direito, pois Noma não é uma conhecedora das alturas. Numa das tramas dos desenhos, a pajé acaba por encontrar os versos, que começam a fluir por sua boca com certa facilidade.

O que a uns parece podre
Para outros doce é
O que por alguns jogado foi
Para outros presente será
Podre é o que resta
De quem tudo desperdiça
Doce é o que encontra
Quem tudo aproveita
Felizes são os donos
Do que tomba
Sobre a pele da terra

Assim que Noma termina de dizer suas palavras, Mulher-Urubu não consegue esconder a satisfação. Está mesmo orgulhosa. Decide então apresentar a sua dança, abrindo diante de Noma seu imenso adorno de penas brancas que contrasta belamente com a luz alaranjada daquela terra melhor. Seus asseclas menores, os urubus sempre pássaros, estão também animados, saltitando ao redor da chefe. É tempo suficiente para que Noma aprenda os seus conhecimentos e se torne familiar à gente do alto que, até aquele momento, ela não tinha conhecido. No final da dança, Mulher-Urubu para em frente a Noma.

"O que gostaria de perguntar?"

"Preciso saber onde está o filho daquela mulher que segue deitada na rede na terra de cima, esvaziada pela tristeza."

"Ela, quem é?"

"É minha parente."

"Então é nossa também."

Mulher-Urubu procura em seu estômago a memória dos acontecimentos que tinham atravessado seu bico, isto é, sua boca adornada com finas tatuagens que circundavam os lábios vermelhos e carnudos, a qual, só agora naquela forma de gente, Noma consegue perceber. Muitas eram as lembranças acumuladas em suas entranhas. Muitas eram as vidas e os paradeiros que apenas ela conhecia, todos os que foram descartados pelos moradores da terra de cima. Mas não encontra nada que remetesse ao filho de Maya ou aos seus primos, como Noma queria saber. Nenhum pedaço daqueles jovens havia ainda passado pelos seus intestinos. Nem mesmo os tapurus que continuavam fermentando em seu estômago souberam dizer alguma coisa. É só uma questão de tempo, ela afirma. Noma então diz que não há tempo, que precisa descobrir agora o destino dos rapazes para poder cuidar da mãe separada de si própria pela tristeza. Mulher-Urubu pede a ela que espere um pouco. Volta à forma de pássaro para se entender melhor com seus seguidores e explica a situação, na expectativa de que se solidarizem com a pajé que, afinal, havia se transformado quase numa parente. Logo a chefa retorna ao seu corpo de mulher, da magnífica mulher do cocar de penas brancas resplandecentes. As duas se encaram novamente.

"Tenho a resposta", ela diz.

"E qual seria?", Noma pergunta.

"Essas carnes não passaram por nenhum de nós."

"Não mesmo?"

"Parece que meus pequenos viram por aí uma promessa de comida."

"Onde?"

"Não é fácil fazer com que eles falem."

"Posso entender."

"Eu expliquei que não devem ser sovinas. No fim, haverá doce para todos!"

"E onde encontraram o futuro alimento?"

"Os doces? Por que você quer tanto saber onde eles estão?"

"Eu não te dei as suas palavras?"

"Suas palavras foram perfeitas. Não posso reclamar."

"Então, onde estão os corpos?"

"Os corpos?"

"Sim, o futuro alimento! Não finja que não entendeu!"

"O que fará quando encontrá-los?"

"Me diga onde estão os corpos, senão terei que retirar as palavras."

"Isso seria muito ruim, eles ficariam tristes. Não quero que isso aconteça com meus filhos", ela diz, olhando para os urubus que perambulam ao seu lado.

"Também não quero que aquela mulher continue triste, deitada na rede."

"Por favor, não os tire de lá se conseguir mesmo encontrar o que procura."

"Não posso prometer, eles não me pertencem. Você entende aquela mãe?"

"Entendo, como poderia não entender? Tenho os meus pequenos...", diz Mulher-Urubu, e começa a esvoaçar para os céus com seu corpo coberto de penas.

"Já vai embora?", Noma pergunta.

"Você não ia conseguir achar de qualquer jeito, mesmo se eu dissesse que eles estão enterrados entre as raízes da samaúma branca que fica no alto do Igarapé do Trairão. Você nem sabe onde é esse lugar."

"Bem, agora que já disse..."

Irritada, Mulher-Urubu vai subindo pelos ares, rodeada por seus filhos, e ficam todos adejando nas voltas do vapor, com a esperança de que, um dia, o corpo melhor da pajé também se converta em alimento precioso. Noma retorna satisfeita pelo caminho, passa pela grande maloca onde seu corpo fora transformado. Deixa ali pendurada a sua pele de porco-do-mato e sobe pela trilha que a leva de volta à terra de cima. O corpo de Noma segue deitado na rede, ainda vazio. Quase nada Zé Gavião e seu vizinho conseguiram entender das palavras que sua outra imagem-corpo magnífica entretinha com Mulher-Urubu. Não sabiam exatamente o que queriam dizer aqueles versos que ecoavam na varanda, ditos de modo trocado, numa língua virada, muito distinta daquela com a qual estavam acostumados.

Agora, aquele corpo da terra de cima começa a receber sua imagem, que vem voltando, como indicam os leves tremores de sua pele percebidos por Manuel e Zé Gavião. Mesmo não podendo ser visto pelos velhos sentados em seus bancos, o corpo-imagem de Noma entra pela boca de sua pele até então vazia e a preenche de novo. Assim Noma está completa. Levanta-se da rede e diz ao tio que muito tabaco ainda precisa ser soprado sobre Maya, a desfalecida, para que aos poucos ela recobre os sentidos. Pede ao vizinho que traga mais mingau de banana de sua casa, que ela então transformará com sua fala, a fim de que a mulher volte a se sustentar sobre as próprias pernas. Além disso, será necessário convencê-la, fazê-la entender que as imagens do filho e dos primos que permanecem do outro lado do rio não são as de pessoas que caminham pela superfície, explica a pajé. Os homens ajudam Noma a descer da rede, acendendo novamente seu charuto para que ela assopre a mulher que segue deitada.

35.

Algum tempo depois de receber as mensagens com as ameaças, o filho do prefeito, ainda sem resposta sobre o sumiço dos pacotes, continua sendo pressionado pelos sócios, que lhe deram um prazo para resolver o problema, para que ele e sua família não fossem decretados e não tivessem que mudar a sintonia da região. Glauber tenta aliviar a tensão nas muitas latas de cerveja que não para de abrir, enquanto busca afastar de si a imagem do corpo de Noma que o capturou. Toca o celular. É seu pai, que pede ajuda para resolver uma coisa lá mesmo na cidade, ainda hoje, com urgência. Ele diz que o obreiro da igreja Canaã ligou reclamando de barulho na vizinhança do ramal dos indígenas.

"Tu pode resolver logo o problema dos crentes? Tem que atender as demandas deles, não é só índio que vive ali, tem as famílias de respeito também! Parece que é aquela bicha pajé que está enchendo o saco", diz o prefeito.

"Sei quem é", responde o filho, sentindo o coração perturbado.

"O obreiro falou que ele tá causando problema na vizinhança, gritando feito o demo. Tá assustando as crianças. Precisa dar uma prensa naquele moleque, me faz esse favor? Ritual satânico aqui não!"

O filho se prontifica a ajudar o pai, que pede discrição. Glauber diz que mais à noite vai ver o que consegue fazer.

"Aproveita pra ver se ele sabe da mercadoria. Se ele é liderança do povo, então com certeza pode dar informação. Precisa resolver logo esse negócio!"

Glauber manda um áudio para os seguranças, pede que o encontrem mais tarde atrás do terreno da sua casa. Quando a noite já está firmada, saem dali as três motos com o filho do prefeito e seu pessoal. Vão seguindo pelo ramal, passam depois para a trilha de terra e logo chegam bem diante da casa de Zé Gavião. Os homens entram na varanda sem pedir licença. Já é mais de meia-noite e os vizinhos estão recolhidos em suas casas, portas e janelas fechadas. Glauber fala alto, vai na frente, xingando. Manda os velhos entrarem, diz que o negócio é com a pajé. Quanto mais acelerado fica o coração do homem, quanto mais seu desejo incontrolável por Noma queima em seu peito, mais fortes são as suas palavras. Que merda de bagunça é essa, pajelança do demônio!, ele grita. Chuta os bancos e a panela com o resto de mingau. Com um tapa, joga longe o charuto segurado pelo tio, que insistia em continuar na varanda. Começa uma discussão entre Noma e Glauber. Ele quer saber o que a pajé está fazendo na cidade, por que insiste em empestear com a sua presença aquele bairro de respeito. Noma pensa em preparar as suas setas-veneno e lançá-las pelos olhos, como havia feito da última vez em que o encontrou, mas está apavorada. Os revólveres apontados para ela neutralizam suas capacidades. Glauber e os homens são encorajados por gritos que parecem sair de algumas das casas. Filho de Satanás! Tira ela daqui!, ouve-se. Vagabunda!

"Escutou, veado? Ninguém mais quer você fazendo essa bagunça!", diz Glauber.

O filho do prefeito manda os homens levarem Noma à força para fora da casa. Precisam pôr um fim naquilo. Pegam a pajé pelo cabelo, amarram seus braços para trás, enfiam um capuz na cabeça dela e a obrigam a sentar na garupa de uma das motos. Somem rapidamente dali. A vizinhança silencia. Na casa de Zé Gavião, tudo está quieto, até o ar parece ter estacionado. O marido de Maya e os dois velhos não ousam sair para a varanda. O corpo da mulher segue deitado na rede. As motos vão embora pelo ramal, àquela hora deserto, com os faróis acesos para atravessar a bruma de fumaça que desce sobre a estrada de terra. O filho do prefeito está dilacerado por dentro, dividido em partes pelo desejo e pela repulsa. Pensa em sacar a pistola e dar um tiro na própria cabeça. Mais adiante, num ponto distante da floresta, avançam com as motos por uma trilha aberta no meio da mata. Param na beira de um pequeno igarapé e lá mesmo tiram o capuz de Noma, que, para Glauber, está ainda mais bela com o rosto assustado e os cabelos empapados de suor.

"O filho da sua tia tá morto, moleque! Encontraram o corpo junto com outros índios no lixão da fronteira! Não ouviu falar, sua besta?", diz Glauber.

"Tu tá enganado! Não era meu primo que tava ali! Não sei quem são esses coitados que vocês jogaram no lixão!", diz a pajé, posta de joelhos.

"Mentiroso!", grita Glauber.

"Não sou mentirosa!", ela ousa responder.

Glauber dá um soco no rosto dela, fazendo-a cair para um lado. Ele quer que Noma confesse o esquema, que diga qualquer coisa sobre os pacotes roubados, que revele o que sabe dos rapazes.

"Isso é pra tu aprender! Como tu sabe que o seu primo não é um deles? E vê se fala igual homem que você é!"

"Mulher!"

"Ele é bicha, patrão, não dá pra confiar", diz um dos homens.

"Tô falando a verdade!", retruca Noma.

"A verdade? Então tu sabe o que mais? Fala logo! Cadê os pacotes? Onde eles esconderam?", ele grita.

"Que pacotes? Não sei do que tu tá falando!", ela responde, desesperada.

"Deixa de ser besta! Para de mentir!", grita Glauber.

O filho do prefeito está confuso. Afinal, não sabia exatamente quem eram os garotos da Cidade da Fronteira. Pensa que talvez Noma tenha alguma razão no que diz, mas suas ideias são turvadas pelo tesão que explode quando ele percebe um fio de sangue escorrendo pelo canto esquerdo do lábio da pajé.

"Vou te dar uma lição pra tu deixar de ser falso! Se tu é mesmo essa menina que acha que é, então vai gostar", ele diz, abrindo a fivela dourada de seu cinto.

Obriga Noma a se virar de costas e rasga seu vestido. É nesse momento que as partes internas do sentimento confuso de Glauber se juntam num só ímpeto, que ele bem usa para indicar que tem o controle da situação. O ódio que precisa mostrar para que o respeitem, e que o toma de verdade, forma uma espiral com o tesão que o enrijece. Tudo é muito rápido, indizível. Noma sente as estocadas em seu corpo acuado. Noma fecha os olhos, percebe o tempo suspenso em meio à dor que atravessa sua espinha, que tenta calar seu centro de vitalidade, que quer roubar a sua respiração. Glauber logo se derrama naquele corpo que cobiçava em segredo. Por fim, larga Noma toda torta no chão. Aos poucos ela abre os olhos, deixa a vista perdida num canto qualquer, tomada que está por uma raiva que não sabia existir. Ouve as risadas dos homens à sua volta. Eles comemoram a determinação do chefe, que veste sua calça e se recompõe. Já começam a combinar quem será o próximo, mas Glauber não deixa que cheguem perto de Noma. Ele a quer como sua posse secreta, exclusiva.

36.

Pouco depois de o filho do prefeito fechar a braguilha, tentando inutilmente segurar sua pança dura fermentada de cerveja, Noma ajeita os trapos do vestido rasgado e consegue se levantar. Ela tem medo, não pode continuar com os olhos tomados pelo nada. Logo percebe que sua raiva não pode ser maior do que a força que a habita. Não quer esperar para saber o que mais aqueles homens são capazes de fazer. É preciso reagir.

"Não são os mesmos mortos! Vocês estão enganados! Eu posso provar, eu sei onde eles estão, mas depois me deixa ir embora, por favor, me deixa ir!"

Glauber passa a mão no próprio cabelo. Ainda respira o alívio do desejo forçado para dentro de Noma. Por um instante, silencia.

"É melhor que seja verdade. Amanhã cedo tu mostra então. Se for mentira, acabou pra ti."

Deixam-na amarrada num tronco por toda a noite. Vão embora dizendo que voltarão no dia seguinte para buscá-la. Antes de o sol surgir por cima das árvores, as motos reaparecem com seus roncos. Noma desperta num susto. Eles a soltam. Põem um capuz em sua cabeça e vão saindo com a pajé sentada na garupa de um dos seguranças. Viram as motos para o ramal sempre dominado pela névoa encardida das queimadas e seguem até uma trilha que leva para a beira, na qual uma voadeira equipada com um motor 40 hp os espera. Obrigam Noma a se deitar no fundo do barco e partem na direção que ela determina. Avançam pela bruma espessa, agora avermelhada pelo sol que já vai subindo, cobrem o rosto com lenços para não serem tomados pela tosse, e penetram na floresta ainda intocada até alcançar suas partes mais distantes.

Noma reconhece o lugar designado pelos urubus. Agora ela está de pé, sem o capuz, mostrando o caminho para o filho do prefeito e seus capangas, que avançam aos poucos, tropeçando nas raízes. Surge enfim a samaúma branca sobre a qual falavam os carniceiros. A terra recém-revolvida indica as covas rasas cavadas por Picanha. Noma aponta para o local e se distancia, virando o rosto para o lado. Os homens retiram a terra até acharem os corpos dos rapazes. Entreolham-se impressionados. Encontram aqui e ali pedaços do plástico dos pacotes, um espelho quebrado, esbranquiçado com um resto de pó, bitucas de cigarro. Num canto da mata localizam também a mochila semienterrada. Ainda estão íntegros, aqueles cadáveres, mas quase no ponto tão cobiçado pelos urubus. Porém, não são eles que interessam ao filho do prefeito. Manda cobri-los de terra. Depois, examina com ódio aqueles pedaços de plástico, o caco de espelho e, principalmente, a mochila largada que parece familiar. Lembra de ter visto mochilas assim, que tinham sido compradas pela Secretaria de Educação e desviadas para os funcionários da serraria a mando dele mesmo.

"Tá vendo? Eu não menti!", diz Noma.

"Como tu descobriu? Então só pode ter sido tu que roubou os pacotes e matou eles!", diz um dos capangas.

"Cala a boca! Eu é que falo aqui", diz Glauber para o homem. "Foi ele que trouxe a gente até aqui. Fez a parte dele. Mas fala, veado, como foi que tu descobriu?"

"Acha que eu ia matar meus primos, tu é doido? Eu amo eles. Eu descobri foi do meu jeito mesmo, vocês nem entendem dessas coisas. Foi um pássaro que me contou."

"Que pássaro que nada!", responde Glauber. "Chama então esse pássaro pra te salvar, se tu é amigo dele como diz."
"Amiga!"
"Cala essa boca!", grita Glauber.
"Melhor a gente ir embora logo, vai que ela tá falando a verdade, vai que ela joga feitiço!", diz um dos homens.

Vendo que os capangas recuavam com medo da pajé, Glauber os manda voltar para o barco. O filho do prefeito se dá conta do engano. A limpeza na Cidade da Fronteira, para que tinha servido? É bem provável que seja verdade, que Noma não saiba nada sobre os pacotes. A mochila encontrada, além do mais, indica um vazamento no esquema. É preciso agir rápido. Ela não poderia ter conseguido aquela mochila, de jeito nenhum, não tinha nada a ver com aquilo, pensa. Então, quem? Mandaram algum salve sem eu saber? Havia alguma interferência no sistema, alguma mudança de sintonia? O que aconteceu na serraria, com aquele filho da puta do gerente?, ele se pergunta. Glauber sabe que tudo nas fronteiras é imprevisível, os comandos sempre em disputa pelo domínio dos caminhos que governo nenhum conhece ou controla.

Saem dali com o motor na máxima potência, deixando a pajé para trás, no pé da samaúma branca. Glauber chega a pensar em retornar depois para buscá-la, temendo perder aquele corpo que queria guardar para si. Já devem ter mandado gente procurar a pessoa que meteu a mão na cumbuca, ele pensa. Os comandos acima dele e do pai logo voltariam a cobrar o dinheiro dos pacotes e acabariam com todo o combinado. Glauber apalpa com certo alívio a pistola em sua cintura, enquanto por dentro segue tomado pela angústia.

Noma está sentada aos pés de Pessoa Samaúma. Pensa em mandar suas setas para envenenarem os homens que fogem, mas a incompreensão de sua tristeza é maior. Deixa-se tomar pela memória dos primos semienterrados, pela dor de ter sido invadida. Deixa as lágrimas e o ranho escorrerem, pega torrões de terra, considera engoli-los e acabar logo com tudo. Pensa em Maya e em seu tio, que devem agora temer pelo seu paradeiro. Para onde terão levado a pajé?, eles devem estar se perguntando, diz para si mesma. Então é tomada pelo sono. Desta vez, não é o sono pesado e silencioso que a envolve, mas sim a companhia de Pessoa Samaúma, que desperta sua imagem e a põe de pé, enquanto o corpo segue caído na terra. Limpando o fedor dos homens desolados, ele restaura sua luz magnífica.

"Vamos, parente! Levante-se!", diz Pessoa Samaúma com sua voz grave.

Aquele homem de pele desenhada faz a imagem de Noma se erguer sobre o chão e indica o caminho que se abre na beira do igarapé para a terra de baixo. Pessoa Samaúma tem quase o dobro do tamanho de Noma. Sua voz ecoa pelas árvores como nuvens que se entrechocam.

"Como eu poderia me largar na tristeza escutando uma voz como a sua?", diz a pajé para o parente.

"Como eu poderia ficar em minha casa te vendo jogada a meus pés? Agora vai, enquanto eu cuido de sua pele adormecida que fica aqui comigo", responde.

A imagem de Noma começa a caminhar na direção da trilha que se abre sob as águas. Desce por ali até encontrar novamente a luz amarelada e, em seguida, as plantações de milho da gente-queixada.

37.

Aquela gente saúda Noma. Ela passa pelas suas casas e continua no caminho indicado por seus parentes, que a acompanham. Atravessam a trilha de arbustos ressecados, encontram Pessoa Ipê numa encruzilhada e vão em frente. Noma vê ao longe o descampado onde tinha conversado com Mulher-Urubu. Enfim acha Maya parada na beira do rio. Dali em diante, Noma deve seguir sozinha. Reconhece sua tia pelo vestido e pelos longos cabelos pretos, olhando para a outra margem, chamando insistentemente pelo filho. Avança até chegar ao lado dela, mas a imagem de Maya ainda não a percebe, não sai da posição que a aprisiona.

"Eles nunca vão conseguir te escutar", diz para a mulher. "Desista! Volte por onde veio!"

Não é possível deixar de escutar a voz da pajé, que penetra nos ouvidos de Maya e preenche suas costelas tomadas pela saudade. Apenas assim ela se vira para o lado e a enxerga.

"Por que ele não me escuta?", Maya pergunta.

"Porque estão em outro lugar. Você não pode cruzar esse rio. Volte!"

"Por que não posso levá-lo comigo?", ela insiste.

"Aquelas imagens já estão sendo comidas pelos vermes."

"Imagens?"

"Você não deveria estar aqui, nem poderia falar comigo. Volte antes que seja tarde!"

"Voltar?"

"Não lembra mais de onde veio?"
"De onde vim?"
"Vamos. Vou te ajudar."
"Não posso."
"Vamos. Você não sabe mais."
"E os meninos?"

Noma toma Maya pela mão e a puxa com delicadeza para junto de si. A tia mal consegue desviar o olhar do outro lado do rio, onde seu filho e os primos seguem frenéticos em volta da fogueira, cativados pelos pacotes, mas não resiste mais ao cuidado da pajé. Maya vai sendo conduzida para longe da margem do rio raivoso. Andam pelas trilhas, passam pelo descampado dos urubus, cruzam rapidamente as malocas e vão até o caminho que as leva de volta à beira do igarapé por onde Maya havia descido, bem atrás da casa de Zé Gavião.

"Agora siga em frente sozinha. A partir daqui não posso te acompanhar", diz Noma.

Maya solta a mão da encontradora e sobe de volta. A pajé vê o corpo da tia cada vez mais distante em seu caminho, até que a silhueta desaparece contra a luz alaranjada. Noma retoma os trajetos da terra de baixo para encontrar seus primos que permanecem na outra margem do rio. O que fará com eles? Vai chegando a pajé na casa da gente-queixada e ali entra. O homem a recebe, como sempre, sentado no banco de madeira. Depois de comerem o milho melhor, Noma e o velho saem juntos da maloca e se dirigem à beira. Embora conheça aquelas partes, o velho evita passar por ali e, sobretudo, olhar para o outro lado. Os dois trocam seus pensamentos, não é preciso falar.

Noma pensa em trazer seus primos para a casa dos porcos, mas sabe que jamais poderiam atravessar o rio com aqueles corpos ansiosos, cheios de tapurus. Como viveriam do lado de cá se nem pessoas são mais? Apenas aqueles que não se esqueceram do fundamento da terra podem fazer a travessia para, então, virarem os porcos que servem de alimento para os que vivem no mundo de cima, explica o velho. É preciso que estejam limpos, que sua carne tenha sido amaciada pelo conhecimento para que consigam cruzar as águas revoltas. Mas os rapazes, eles seguem presos nos mesmos gestos, reféns das mesmas dúvidas.

Ainda assim, a pajé insiste. Tira seu couro de queixada, o equipamento de terra que a torna presa ao chão, e o deixa aos cuidados do velho. Noma se arrisca a voar por cima da enxurrada. Escuta os apelos dos que permanecem parados na outra margem. Lá está a pajé multimundos pousando do outro lado e, logo em seguida, caminhando entre os espectros. Ela não esperava ser rodeada pelo cheiro insuportável que paira naquelas partes e que quer envolvê-la, cobri-la com o sono da putrefação, transformá-la em mais uma entre vários que, só agora ela percebe, se espalham a perder de vista. Chegam a subir pelas árvores aquelas imagens, pensando assim atingir alguma falsa claridade. Aglomeram-se nas saídas dos caminhos cada vez mais entupidos, confusos, inviáveis. Noma entende então o que é verdadeiramente aquela catinga. Desprendida dos corpos apodrecidos, ela é a vontade do tempo, a sua dança lenta e inevitável, o seu desejo do qual quase nada escapa. Apenas os urubus a conhecem.

Como poderá Noma contornar a dança fétida do ar que a rodeia, os apelos dos espectros intermináveis que a cobiçam, agitados com a novidade que surge de repente e que os atrai como abelhas para o mel? Como poderá achar os primos no meio da multidão anônima carcomida? Anda pelas margens, mas não consegue mais encontrá-los, confunde-os com os outros tantos mortos incontáveis. Pensa tê-los visto num dos grupos, porém no final percebe serem apenas vozes parecidas com a deles que vêm em sua direção. Assusta-se. Teme se perder em meio à massa aglomerada em torno dela. Lembra de seu próprio corpo vazio na terra de cima e chega mesmo a escutar o farfalhar de asas pretas e desengonçadas que se aproximam das raízes nas quais o corpo dorme.

Reconhece que ainda não está pronta para enfrentar aquelas partes desoladas do mundo subterrâneo. Do outro lado do rio, o velho-queixada a faz saber que, em outro momento, poderá retornar sem o risco de ser arrastada pelo esquecimento. Talvez depois encontre os primos. Pode ser que consiga também limpar seus corpos, remover a pele pútrida que os envolve. É o que pensa Noma com certo alívio, enquanto sai planando de volta acima das águas bravas, sendo lavada pela brisa do rio. Logo está novamente em pé ao lado do velho. Protege-se vestindo seu couro de porco. Vai então recuando, à procura da trilha que a levará à terra de cima.

A imagem de Maya, por sua vez, está saindo do igarapé, primeiro a cabeça, depois os ombros, a barriga e as coxas, até que seus pés se firmam na terra. Sobe lentamente o barranco. Agora está no meio do terreiro empoeirado, ao lado de um poste de luz, de costas para a igreja dos crentes. Vê a rede estendida num canto da varanda. Vê o marido e os velhos sentados ao seu redor, tentando fazer com que seu corpo aceite pelo menos um pouco do mingau de banana. Reconhece aquilo que vê diante de si: seu corpo-casa dentro da casa-corpo cuidada pelos homens enquanto esteve ausente. Aos poucos, permite ser absorvida pela própria respiração, junto com um gole farto do mingau. Enfim está completa. Agora pode se sentar na rede.

"Estou de volta", ela diz, olhando para Zé Gavião.

"Você voltou?", diz o marido.

"Sim. Eu voltei", ela responde.

Maya se recorda vagamente do rosto de Noma, envolta que estava nas baforadas do charuto, no vazio de sua divisão. Não sabe dizer se realmente a encontrou, não quer esticar a conversa com ninguém. Pensa apenas em sua casa, no que deixou para trás quando foi às pressas para a Cidade do Jambeiro. Aos poucos, recupera as forças. Põe-se de pé, primeiro amparada nos braços do marido, depois sozinha.

"Vamos embora", ela diz.

Começa a ajeitar sua bolsa, enquanto o marido pega um pequeno galão de gasolina emprestado. O tio oferece uma penca de banana e algumas macaxeiras ainda cruas para a viagem, mais um pacote de arroz. Escuta os velhos falarem sobre Noma, contarem com preocupação que a pajé está desaparecida desde a noite anterior, quando os homens a levaram dali encapuzada, na garupa de uma moto.

"A pajé é mais de uma, ela não fica sempre no mesmo lugar, não vive num tempo só como a gente", diz Zé Gavião.

"Vai acabar se encontrando", acrescenta Manuel.

Maya olha para o tio, pede a ele que mande notícias assim que possível. Logo chegam dois mototáxis, que param em frente à varanda. Maya termina de ajeitar a bolsa, as roupas dobradas, a panela cheia de macaxeira embrulhada num pano, que também envolve a sua saudade. Sobem na garupa dos mototáxis. Saem em direção à beira coberta pela fuligem avermelhada.

© Pedro de Niemeyer Cesarino, 2025

Todos os direitos desta edição reservados à Todavia.

Grafia atualizada segundo o Acordo Ortográfico da Língua Portuguesa de 1990, que entrou em vigor no Brasil em 2009.

Todos os personagens, lugares e eventos deste livro pertencem inteiramente ao universo da ficção.

capa
Luciana Facchini
obra de capa
Éder Oliveira
reprodução da obra de capa
Ivo Faber (Düsseldorf/ Alemanha)
preparação
Márcia Copola
revisão
Fadua Matuck
Jane Pessoa

Dados internacionais de Catalogação na Publicação (CIP)

Cesarino, Pedro (1977-)
 Os urubus não esquecem / Pedro Cesarino. — 1. ed. — São Paulo : Todavia, 2025.

 ISBN 978-65-5692-866-1

 1. Literatura brasileira. 2. Romance. 3. Literatura amazônica. 4. Ficção contemporânea. I. Título.

CDD B869.3

Índice para catálogo sistemático:
1. Literatura brasileira : Romance B869.3

Bruna Heller — Bibliotecária — CRB-10/2348

todavia
Rua Fidalga, 826
05432.000 São Paulo SP
T. 55 11 3094 0500
www.todavialivros.com.br

fonte
Register*
papel
Pólen natural 80 g/m²
impressão
Geográfica